庫

殺意を乗せて…

西村京太郎旅情ミステリー傑作選

西 村 京 太 郎

徳 間 書 店

目次

挽歌《ばんか》をのせて

1

関口は、別れたいという妻のユキと、北海道へ来た。

ユキが、なぜ、突然、別れたいといい出したのか、関口には、わかっていない。結婚して、六年、隙間風《すきまかぜ》が吹く時期なんだろうぐらいの認識しかないのである。戸惑っているというのが、実際だった。

最良の夫とは、いえないかもしれないが、悪い夫ではない、と関口は、思っている。仕事も、きちんとやっているし、酒は好きだが、酒に飲まれたことはない。泥酔して、帰宅したこともない。

口喧嘩《くちげんか》をしても、手をあげたことはなかった。相手を、殴るのも、殴られるのも、嫌いだからだ。

なぜ、別れたいなんていうのかと、きくと、ユキは、

「別に、あなたが悪いわけじゃないわ」

と、いった。

だが、別れたいという。多分、一時の気まぐれなのだと、関口は、思い、ユキを、旅に誘った。

一緒に、旅行でもすれば、ユキの気分も直るのではないか。そんな風に考えての北海道旅行だった。

ひょっとすると、ユキは、賛成しないのではないかと思ったが、意外に、承知してくれた。

「旅行中は、別れるという話は、止《や》めだよ」

と、関口は、東京を出発する時に、いった。

北海道へ行くのは、たいてい、飛行機で、千歳《ちとせ》へ出るものだが、関口は、函館《はこだて》へ飛行機で行き、函館から、列車に乗ることにした。

それは、関口に、一つの計算があったからである。

七年前、二人は、新婚旅行《ハネムーン》に、北海道へ行った。

当時は、金がなくて、時間があったから、飛行機を使わずに、青函《せいかん》連絡船で、まず、函館に入った。

今度は、青函連絡船でとはいかないが、せめて、函館から北海道に入ろうと、思ったのである。

ハネムーンの頃の気分に、お互いがなれそうという関口の計算もあった。

それに、十一月一日の改正で、北海道の急行「ニセコ」が、臨時列車を除いて、消えると、聞いたからである。

別に、関口は、鉄道ファンではないが、七年前のハネムーンの時、函館から、この列車で、札幌《さっぽろ》へ出たのだ。

飛行機の中で、妻のユキは、ほとんど、口を利《き》かなかった。

十月半ばで、北海道でも、まだ、紅葉は始まっていない。

函館駅から、思い出の急行「ニセコ」に乗ることになった。

一四時五五分函館発で、札幌には、二〇時三七分に、着く。

ホームには、すでに、赤いディーゼル機関車に牽引《けんいん》される急行「ニセコ」が、入線していた。

関口が、ハネムーンで乗った頃は、もっと長い編成だったような気がするのだが、今日は、客車四両に、荷物車二両、郵便車一両を連結した七両編成である。

ただ、ブルーの客車は、郷愁を誘うに十分だった。

「思い出すね。七年前を」

と、ユキに、小声でいった。

ユキは、黙って、微笑しただけである。

二人は、先頭から二両目の客車に、乗り込んだ。

十一月一日の廃止が伝えられているから、少しは、乗客が増えているかと思ったのだが、中は、がらんとしていて、空席が、やたらに目立った。

ブルーの特急用客車が使われているので、座席は、ゆったりとして、快適である。

（よかった）

と、関口は思った。

かたい座席で、ユキが、気分を悪くしてしまったら、北海道へ来たことが、マイナスになってしまうからである。

定刻に、発車した。

窓の外に、広い操車場が見えたが、場内の線路には、雑草が、生い茂っているのが見えた。

多分、あの操車場も、売却されてしまうのではないのか。

車内販売がやって来た。

普段なら、ユキが買うのだが、今日は、関口が、車内販売を呼んで、

「何がいい？」

と、ユキに、きいた。

「何でも」

と、彼女が、いう。

関口は、とりまぜて、いくつか買い込んだ。

前の席が、空いているので、それを、こちら向きに回し、座席の上に、買ったものを並べた。

ジュースや、コーヒー、ビール、お菓子などが並ぶ。

「はい、奥さま」

と、わざと、おどけていって、関口は、ジュースと、ビールの缶を、ユキに渡した。

ユキが微笑した。

（少しは楽しくなったらしい）

と関口は、思った。

2

途中から、乗客が増えるかと思ったが、逆に、降りていく人だけで、車内は、一層、閑散となってしまった。

車窓に、内浦湾の海面が、午後の陽差《ひざ》しに、光って見える。

長万部《おしゃまんべ》に近くなった時、急に、ばたばたと、前方の座席から、三十二、三歳の女性が、通路を駈《か》けて来た。

四十歳ぐらいの男が、彼女を追っかけて来る。

女は、必死の目で、周囲を見廻《みまわ》していたが、関口に、眼を止めると、

「お願いです！　助けて下さい！」

と、叫んだ。

「え？」

関口がどぎまぎしていると、中年の男が、追いついて、

「おい。他人様《よそ》に、迷惑をかけるんじゃない」

と、女を叱《しか》った。

それでも、女は、青い顔で、関口に、

「助けて下さい！」

と、いう。

ユキは、小声で、関口に、

「車掌さんに、話してあげたら」

「しかし、――」

関口が迷っているうちに、男は、女の手をつかんで、引っ張って行った。

「可哀《かわい》そうだわ」

と、ユキが、呟《つぶや》いた。

その言葉が、自分を非難しているような気がして、関口は、

「あの二人は、夫婦だよ。犬も食わない夫婦ゲンカさ。他人が、首を突っ込むようなことじゃないんだ」

と、いった。

問題の二人は、前方の座席に、おさまって、静かになってしまった。

「ほら、もう、仲直りしているよ」

と、関口は、いった。

函館を出てから、約一時間、一六時四分に、列車は、長万部に、着いた。

ここからは、小樽《おたる》回りで、札幌へ行く。

何となく、ユキが、暗い表情になってしまったので、関口は、ホームに降りて、この名物の「かにめし弁当」を買って来た。

長万部では、機関車を交換するので、十分間停車する。

関口は、「かにめし」と、お茶を、ユキに渡して、

「七年前のハネムーンの時も、二人で、同じ駅弁を食べたんだ。覚えているだろう?」

と、いった。

「ええ」

と、ユキは、肯《うなず》いた。

関口は、列車が、発車してからも、七年前の思い出を、喋《しゃべ》り続けた。

何とか、ユキの気持を、楽しくしておきたかったからである。

ユキは、黙って、肯くだけである。

時々、ニッコリするが、本心から、楽しんでいる感じではなかった。

関口は、次第に、いらいらしてきたが、自分から誘った旅行なので、ユキを怒鳴るわけにもいかず、立ち上がって、デッキに歩いて行った。

ドアを開けて、デッキに出たとたん、人間が、関口に、ぶつかった。

「あッ」

と、叫んで、身体《からだ》をひらくと、相手は、車内へ、駈《か》け込んで行った。

「バカ野郎！」

と、思わず、怒鳴り、デッキに眼を戻すと、人間が一人、床に、うずくまっていた。

男だった。

腹をおさえて、唸《うな》り声をあげている。真っ赤な血が、床に流れているのが、わかった。

よく見ると、さっきの男である。

「おい、大丈夫か？」

と、声をかけたが、男は、そのまま、前のめりに、床に、転がってしまった。

血は、流れ続けている。

関口は、どうしていいかわからず、しばらくの間、その場に立ちつくしていた。

突然、背後で、女の悲鳴が、起きた。乗客の一人が、デッキに出て来ていた。

「死んでるわ！」

その女性が、甲高《かんだか》い声で叫んだ。

眼を丸くして、怯《おび》えた顔で、関口を見つめている。

まるで、犯人ではないかといっているようで、関口は、あわてて、

「違うんだ！　僕じゃない！」

と、叫んでいた。

しかし、相手は、かえって、恐怖にかられたみたいに、

「――！」

と、何か叫んで、車内に、逃げ込んだ。

運良くか、運悪くか、そこへ、車掌が出て来た。

ひと目見て、車掌の顔色が、変った。

「あんたは――」

と、声をふるわせた。

明らかに、関口が殺したんじゃないかと思っている顔だった。

「違うんだ。僕じゃない。僕が来たら、もう殺されていたんだ！」

関口は、必死になって、車掌に、いった。

車掌は、それでも、まだ、関口を、疑っている感じで、

「本当に、違うんですか？」

「決ってるじゃないか。この男の人は、全く知らない人だよ」

「とにかく、警察に知らせないと――」

車掌は、こわごわ死んでしまった男の身体に触れ、かるく、ゆすっている。

その間に、関口は、車内に入った。

自分の座席に戻ると、妻のユキが、

「どうなすったの？　顔色が、青いわ」

と、きいた。

「向うのデッキで、人が、死んでるんだ。ナイフで刺されて、死んでるんだよ」

「本当？」

「さっきの男なんだ」

「さっきって？」

「さっき、助けてくれって、いった女がいただろう。あの女と一緒にいた男だよ」

と、関口は、小声で、いった。

列車が、黒松内《くろまつない》駅に着くと、車掌がおりていった。

跨線橋《こせんきょう》を、駈《か》け上って行き、駅舎に向った。

その間、列車は、2番線ホームに、停《と》まっていた。

駅員が、青い顔で、飛んで来た。

駐在の警官も、知らせを受けて、やって来た。

静かだった車内が、騒然となった。

警官は、四十五、六歳の小柄な男で、普段は、大きな事件も起きないところなのだろう、戸惑いと、興奮の両方を、同時に感じている顔で、車掌や、乗客の一人、一人に、話を聞いて廻った。

女性の一人が、関口を指して、警官に、

「あの人が、傍にいましたよ」

と、いった。

車掌も、デッキで、関口を見たと、いった。

関口を見る警官の眼が、急に、厳しくなった。

「あなたが、殺《や》ったんですか？」

と、警官は、じろりと、関口を見た。

「とんでもない。僕は、あの人の名前も知らないんですよ。それより、連れの女が、犯人ですよ」

「連れの女？」

「そこに、平気な顔をして座っている女がいるじゃありませんか。函館を出てすぐ、二人は、ケンカしていたし、僕が、デッキに出たとき、いきなり、ぶつかったんですよ。そのあと、僕は、デッキで死んでいる男を見つけたんですよ」

関口は、必死に、いった。

警官は、問題の女性に、眼をやって、

「間違いありませんか？」

「ええ、間違いないですよ」

と、関口は、いった。

関口とユキ、それに、殺された男の連れの女が、黒松内駅で、降ろされた。

男の死体も、ホームに出され、列車は、関口たちを残して、発車して行った。

関口たちは、古びた跨線橋を渡って、駅舎に入った。

駅員が、みんなに、お茶をいれてくれた。

男の死体は、駅舎の床に横たえられ、駅員が、毛布を取り出して、かぶせた。

「あんたの名前から、聞かせて下さい」

と、警官は、連れの女に、きいた。

「本橋ひろ子です」

と、女が、答える。

そんな彼女を、関口は、じっと、観察した。

年齢は、二十七、八歳だろう。水商売の女という感じだった。

「何をしているのかな？」

と、警官が、きく。

「東京で、クラブで働いているんです」

「あそこにある死体は、あんたの知り合いですか？」

「いいえ」

と、女が、否定した。

「嘘《うそ》だ！」

と、思わず、関口が、声を出した。

「本当は、どうなんですか？」

警官が、女に、重ねて、きいた。

「あんな男、見たこともありませんわ」

「函館を出てすぐ、通路を逃げてきて、僕に助けを求めたじゃないか。そして、あの男が、他人様《よそ》に、迷惑かけるんじゃないって、君を、連れて行ったじゃないか」

関口が、大きな声を出した。

「いいえ。全く知りませんわ」

と、女が、いう。

警官は、困ったなという顔で、関口に、

「あなたは、デッキに出た時、犯人が、いきなり、ぶつかって来たと、いいましたね?」

「そうですよ。逃げようとしたところへ、僕が来たものだから、ぶつかったんですよ」

関口は、女——本橋ひろ子を、睨《にら》むように見て、警官にいった。

「間違いなく、彼女だと、いえますね?」

「ええ。絶対に、この女です。彼女が、殺された男に、車内で追いかけられていたのは、僕の家内だって、知ってるんです。聞いてみて下さい」

と、関口は、いった。

「どうですか? 奥さん」

警官が、ユキに、きいた。

ユキは、変に、冷たい感じで、

「覚えていませんわ」

と、いった。

関口は、びっくりして、ユキの顔を見た。見ましたと、答える筈《はず》だと、思っていたからである。

「覚えていないって、見たじゃないか。あの列車が、函館を出てすぐだよ。この女が、通路をばたばた走って来て、僕に、助けてくれって、いったじゃないか。覚えているんだろう？　殺された男が、追いかけて来て、この女を、連れていったんだ。そうだったじゃないか」

「そうなんですか？」

警官が、重ねて、きいた。

「覚えていないんです」

と、ユキが、低い声で、いった。

警官が、眉《まゆ》を寄せて、関口を見た。

「どういうことですか？　これは――」

「ちょっと、家内と、話させて下さい」

と、関口は、いい、ユキを、駅舎の外に、引っ張っていった。

警官が、窓ガラスの向うから、うさん臭そうに、こちらを見ている。

それが、一層、関口の妻に対しての腹立たしさを、大きくした。

「なぜ、嘘をつくんだ？」

と、自然に、関口の声が、とがってきた。

ユキは、押し黙っている。

「どうせ別れるんだから、僕が、どうなったって、構わないというのか？」

と、関口は、ユキを小突いた。

ユキが、関口の顔を見た。

「そんなことは、思ってないわ」

「それなら、なぜ、覚えてないなんて、いうんだ？　あの女が、僕たちのところへ逃げて来て、助けてくれって、叫んだじゃないか」

「私も、あなたも、知らん顔したわ」

「そんなことは、今、どうでも、いいんだよ。今、大事なのは、僕が、あの警官に、疑われてるって、ことなんだよ。今は、君は、僕の奥さんなんだ。僕のために、証言してくれたって、いいじゃないか」

「あなたを犯人だと、あのお巡りさんだって、思っていないわ」

「いや、疑ってるさ」

と、関口は、いった。

「それに、あの女が、殺したのは、はっきりしてるじゃないか。男に脅かされたんで、窮鼠《きゅうそ》、猫を嚙《か》むって奴《やつ》なんだよ。そのくらいのことが、わからないのか？」

「あの女の人を、犯人にしたいの？」

「したいとか、したくないとかじゃなくて、彼女が、犯人なんだよ」

「証拠があるの？」

ユキが、きいた。

関口の顔が、赤くなった。自然に、声が、大きくなった。

「君は、僕の味方なのか？　それとも、あの女の味方なのか、どっちなんだ？」

「あなたの味方だわ」

「それなら、警官に、いってくれよ。あの女には、動機があるって。別に、嘘をつけといってるんじゃないだろう？　本当のことを言ってくれって、いってるんだ」

「わかったわ」

と、ユキは、やっと、肯《うなず》いた。

関口は、ほっとした。

3

二人が駅舎に戻ると、警官は、疑い深げな眼で、関口を、見た。

「まさか、奥さんに、都合のいい嘘をついてくれと、頼んだんじゃないでしょうね？」

と、警官は、関口に、いった。

「そんなこと、いいませんよ。本当のことを言ってくれと、いっただけです」

「それで、奥さん」

警官は、ユキを、駅舎の隅に、連れて行こうとした。

関口は、あわてて、それを止めて、

「ここで、証言させて下さいよ」

「ここでは、あなたに遠慮して、本当のことを、いわないかも知れませんからね」

警官は、そういった。明らかに、関口を信用していないのだ。

関口は、警官に対して腹を立てた。

「彼女は、僕の家内ですよ。夫婦なんです。ここでだって、家内は、ちゃんと証言しますよ」

「それなら、向うで、話を聞いても、同じじゃありませんか。それとも、都合の悪いことでもあるんですか？」

警官は、意地悪く、きく。

「そんなことは、ありませんよ」

と、いいながら、関口は、妻の顔を見た。

ユキは、本橋ひろ子の方を、見つめている。

関口は、また、不安になってきて、

「本当のことを、いってくれよ」

と、ささやいた。

警官は、ユキを、隅へ連れていった。何を話しているのか、声が聞こえてこないだけ、関口は、不安になった。

その不安が、傍《そば》にいる本橋ひろ子への怒りになった。

「あんたが、殺したんだろう？」

と、関口は、睨《にら》むようにして、きいた。

ひろ子が、関口を、睨み返した。

「そんなこと、あんたに答える義務はないわ。助けても、くれなかったくせに」

「なぜ、あそこの男を知らないなんていうんだ？　あんたの連れだろう？　僕は、デッキで、あんたが、あわてて逃げていくのを見たんだよ。あんたが殺したんじゃないか。正直にいったら、どうなんだ？」

「あんな男は知らないわ。それに、殺したのは、あんただわ。他の乗客だって、車掌だって、そういってたじゃないの」

ひろ子は、だんだん声を大きくしていった。その声の調子に、関口に対する憎しみが表われているようだった。

「あの時、助けてやらなかったのを、恨んでいるんだな？」

「とにかく、あんたが、犯人だわ」

「でたらめをいうな！」

思わず、関口が、怒鳴った。

ユキと話をしていた警官が、とんで来た。

「今度は、この女《ひと》を、脅かすんですか？」

と、関口を叱《しか》るように、いった。

「脅かしてなんかいませんよ。自分が、殺しておきながら、僕のことを、犯人扱いするから、腹が立っただけのことですよ」

と、関口は、いい返した。

警官は、眉《まゆ》を寄せ、じっと、関口を見た。相変らず関口を、疑っている眼だった。

「あなたの態度は、どうも、理解に苦しむね」

「何のことです？」

「あなたは、自分の奥さんに対しても、本当のことを言ってくれないといって、怒っているし、この女《ひと》に対しても、嘘をつくといって怒っている。どうも、よくわかりませんね」

「その通りだから、正直にいっているだけですよ。お巡りさん、いいですか、僕は、殺された男とは、たまたま、急行『ニセコ』で、乗り合せただけなんです。名前も知らないし、前に、会ったこともないんですよ。そんな相手を、僕が、殺す筈《はず》がないじゃありませんか」

「そうは、いい切れませんね。最近は、誰もが、怒りっぽくなっています。列車のデッキで、肩が触れるか何かで、ケンカになって、あんたが、かっとして、相手を刺したということだって、十分に、考えられるんだ」

「冗談じゃない。第一、僕は、ナイフなんか持って歩きませんよ」

「じゃあ、あの男が、ナイフで、あんたを刺そうとして、もみ合いになって、逆に、あんたに刺されてしまったのかも知れない」

「家内は、何といってました？」

「あんたがいった通りのことは、いってましたよ。函館を出てすぐ、あの女《ひと》が、ばたばた駈けて来て、助けてくれと、いったとね」

と、警官は、いった。

関口は、ほっとして、

「それ、ごらんなさい。あの女が、連れの男を殺したんですよ。家内の証言で、それがわかったでしょう?」

「いや、わかりませんね。奥さんは、あんたに言われて、嘘をついてるのかも知れませんからね」

警官は、そういった。

4

上りの普通列車が、到着した。

一人だけ乗客が降りた。その乗客が、駅舎の中の関口たちを、何だろうという顔で見て、消えていった。

「これから、どうするんです?」

関口は、吸いかけた煙草《たばこ》を、もみ消しながら、警官に、きいた。

「長万部《おしゃまんべ》署から、間もなく、捜査員が来ます。そうしたら、長万部に行って頂くことになります。遺体の解剖も、しなければなりませんからね」

「僕たちは、札幌に行くんですよ。長万部では、逆戻りになっちゃうじゃないか」

「犯人が誰かわかれば、他の方々は、次の列車で、札幌へ向かわれて、結構ですがね」

「それなら、決ってるじゃないですか。この女が犯人ですよ」

関口は、本橋ひろ子を、指さした。

警官は、首をかしげて、

「この女《ひと》は、逆に、あんたが犯人だと、いっていますがね」

「嘘をいってるんですよ。彼女は死んだ男を知らないと、いった。それが、嘘だとわかれば、彼女が犯人だということになるんじゃありませんか？」

と、関口は、警官に、きいた。

「どうやって、それを証明するんですか？」

と、警官が、きく。

関口は、毛布をかぶせた死体に、眼をやっていたが、

「まず、男の身元を調べたらどうですか？　そうすれば、あの女とのつながりが、わかってくると思いますよ」

「もう、調べていますよ」

警官は、透明なポリ袋の中に入れた男の所持品を机の上に、並べていった。財布《さいふ》、キー・ホルダー、運転免許証、腕時計、煙草、ライターと、いったものである。

「名前は、林悟郎。三十歳。東京都練馬《ねりま》区石神井《しゃくじい》のマンションが住所になっている。財布の中味は、一万円札が十二枚。腕時計はロンジン。煙草はラーク。しかし、これで、この女《ひと》の知り合いかどうか、わかりますか？」

と、警官は、関口を見た。

「それだけじゃ、わかりませんがね。僕も、死体を調べていいですか？」

関口は、警官に、きいた。

関口は、本橋ひろ子が、犯人だと思っている。それには、二人が、知り合いであることを、証明できればいいのだ。

「死体を？　それは、困りますね。あんただって、容疑者の一人なんだ。いや、もっとも、疑いの持たれる人間なんですよ。そんな人に、死体をいじらせるわけにはいきませんよ」

警官は、きっぱりと、拒否した。

関口は、舌打ちをして、狭い駅舎の中を、いらいらしながら、歩き廻った。

何もかも、腹立たしかった。

折角、妻のユキとの仲を修復しようとしての北海道旅行である。

それなのに、殺人事件にぶつかって、こんな小さな駅に、足止めされてしまった。

それだけなら、まだいい。容疑者にされた上、妻のユキまでが、自分に逆らうような証言をするとは――。

関口は、じっと、本橋ひろ子を睨《にら》んだ。

この女が犯人に決っているのだ。

（なぜ、しきりに、左手をおさえるような恰好《かっこう》をしているんだろう？）

関口は、探るような眼になった。

さっきから、女は、左手の上膊《じょうはく》部を、右手でおさえる仕草を、やたらに、している。

左手を、怪我《けが》しているのだろうか？　それにしては、別に、痛そうな表情もしていない。

関口が、見つめているのを知ると、ふっと眼をそらせる。

(何かある!)

と、関口は、確信して、少しずつ、本橋ひろ子に近づいて行った。

また、彼女は、左腕を、おさえている。

関口は、いきなり、ひろ子の左腕をつかむと、強引に、袖《そで》をまくり上げた。

「何をするの!」

と、ひろ子が、悲鳴をあげた。

「あなた! 止めて!」

ユキが、あわてて、声をかけた。

「止めなさい!」

と、警官が、駈け寄った。

それでも、構わず、関口は、ひろ子の袖をまくりあげ、それがうまくいかないと知ると、力を込めて、引きちぎった。

また、ひろ子が、悲鳴をあげた。

ワンピースの袖が裂けて、白い二の腕が、むき出しになった。

「お巡りさん、これを見て下さい！」

と、関口は、ひろ子の腕をつかんだまま、警官に向って、得意げに、叫んだ。

「止めてよ！」

と、ひろ子が、悲鳴に近い声をあげた。

だが、関口は、勝ち誇った声で、

「この二の腕に『林悟郎』と、男の名前が、彫ってありますよ。殺された男の名前ですよ。この女は、あんな男は、知らないといってたけど、嘘じゃありませんか」

と、いった。

確かに、ひろ子の腕には、『林悟郎』の刺青《いれずみ》があった。

警官の顔色が、変った。

「これは、何ですか？」

と、咎《とが》める調子で、ひろ子を見た。

5

警官の疑惑は、関口から、ひろ子に移ったようだった。

ひろ子は、ただ、唇を嚙《か》んで、関口を睨《にら》んでいる。

警官は、冷たい眼で、ひろ子を見つめながら、

「どうも、まずいことになりましたねえ。あんたは、明らかに、嘘をついていた。仏さんを、知っていたんじゃありませんか。どうなんだね？　知っていたんだろう？」

と、だんだん、口調が、荒くなって、いった。

それでも、ひろ子は、黙っていた。

警官は、険《けわ》しい眼つきになって、

「そんな風に、非協力的な態度をとると、自分の立場を、ますます、悪くするよ。正直に話して貰《もら》いたいね。あんたは、あの男と、いい関係だったんだろう？　それが、うまくなくなって、ケンカになった。どうやら、あの男は、ヤクザ風だから、あんたは、いたぶられていたんじゃないのか。それで、思い余って、急行『ニセコ』の車内

で、殺したんだろう？　そうじゃないのかね？」

「――――」

「困ったね。そう、かたくなじゃあ。警官だって、人間だからね。あんたが、止むを得ず、相手を刺してしまったんなら、その間の事情は、十分に、考えてあげられるんだ。それなのに、黙秘を続けていると、ますます、不利になってくるよ」

　中年の警官は、ねちねちと、説教を始めた。この女が犯人と、決めてしまった、喋《しゃべ》り方だった。

「お巡りさん」

　と、関口は、声をかけて、

「もう、犯人は誰かわかったんだから、僕たちは、旅行を続けていいでしょう？　一刻も早く、札幌へ行きたいんですよ」

「そうですねえ」

　警官は、ちょっと考えていたが、

「いいでしょう。住所と名前を、書いて、おいて行って下さい。電話番号もです。あとで、連絡しなければならなくなるかも知れませんからね」

「いいですよ」

関口は、ボールペンを取り出すと、警官の差し出した手帳に、自分の名前と、住所を書き、その横に、「妻、ユキ」と書き添えた。

「もう、すんだんだ。間もなく、普通列車だが、小樽行が来る。それに乗ろう。こんなところは、早く、おさらばしたいよ」

関口は、妻の手をつかんで、駅舎を出た。

一七時四九分発の「小樽行」の普通列車が、あと八分で、到着する。

ユキは、急に、立ち止まってしまった。

「どうしたんだ？　早く行こう」

と、関口が、促した。

「これで、いいの？」

「何が？　早く行かないと、あのお巡りは、また、僕を、疑いかねないよ」

「あのままだと、あの人が、犯人にされてしまうわ」

「彼女は、犯人だよ」

「なぜ？」

「なぜって、嘘をついてたじゃないか。殺された男と、ぜんぜん、関係がないなんて、白ばくれていたんだよ。本当は、腕に、男の名前を刺青《いれずみ》していたくせにさ。やましいところがなければ、嘘なんかつかない筈《はず》だ」

「辛《つら》いから、嘘をついたのかも知れないわ。あの刺青だけど、腕に、傷が、沢山ついていたわ」

「それが、何なんだ？」

「きっと、自分で消そうとしたんだわ。その気持が、よくわかるわ」

「どうしたんだ？　いったい。僕たち二人のことが、大事なんだよ。あんな女のことなんか、どうだって、いいじゃないか。殺された男と、あの女とは、いいコンビなんだよ。きっと、男の方は、ヤクザさ。ヤクザとホステスのコンビだよ。そりゃあ、後悔して、別れようとしてたのかも知れないが、それが、こじれて、とうとう、男を、刺しちまったんだ。よくある刃傷沙汰《にんじょうざた》だよ。あと、四分しかないんだ。向うのホームへ行っていよう」

関口は、先に立って、跨線橋《こせんきょう》を、あがり始めた。

が、ユキは、駅舎の前に、立ったままである。

関口は、舌打ちして、彼女のところへ戻った。

「何してるんだ？」

声が、とがった。

「あなたは、何ともないの？」

と、ユキがいう。

「何がだ？」

「あの人は、私たちに、助けてくれって、いったのよ」

「だから？」

「あの時、何とかしてあげていれば、と、思って――」

「何とかって、何が出来るんだ？　相手は、ヤクザみたいな男だったんだよ。僕が、あの男と、ケンカして、刺された方が、よかったっていうのか？」

「そんなことは、いってないわ。車掌さんに話すとか、何かあった筈だわ。それなのに、何もしてあげなかった――」

「僕を非難しているのか？」

「そうじゃないわ。私自身のこともいってるの。助けてくれっていったのに、何もしてあげなくて。今度は、あの人を犯人にして、私たちは、旅を続けて――」

「彼女が、嘘をつくから悪いんだよ」

「本当に、彼女が殺したのかしら？　もし、そうじゃなかったら、私たちは、二度、彼女を見殺しにしてしまったことになるわ」

「他人のことより、僕たちのことを、考えようじゃないか。ほら、列車が来たよ。早く乗らないと、大事な旅を、続けられなくなるよ」

関口は、強引に、ユキの腕をつかむと、階段を駈け上った。

2番線に、小樽行の気動車が、入って来た。

ユキが、跨線橋の途中で、立ち止まってしまった。

「駄目だわ」

と、ユキが、いった。

「何が、駄目なんだ？」

「彼女を助けてあげましょうよ。そうしないと、一生、後悔するわ」

「乗りおくれるよ！」

と、関口は、怒鳴った。が、ユキは、関口が、つかんでいた手を振り払うと、駅舎の方へ、小走りに、戻って行ってしまった。

関口は、「何なんだ!」と、ユキの背中を睨んだ。

2番線に着いた気動車は、ゆっくり、発車していった。

関口はぶつぶつ、文句をいいながら、ユキに、追いつくと、

「何をする気なんだ?」

と、きいた。

「彼女を、何とかして、助けてあげたいの。あなたも、力を貸して」

「冗談じゃないよ。彼女が、犯人じゃないとなったら、また、僕が、疑われるよ。それでも、君は、平気なのか?」

「あなたは、大丈夫だわ。死んだ人と、何の関係もないんだから」

「君の気持が、わからないよ。あの女は、男の名前を、刺青《いれずみ》するような女なんだよ。本当に、男を殺しておいて、関係ないような顔をしているんだ。それが、わからないのか? 僕は、よく、飲みに行くから、ああいう女のことは、君より、知っている。平気で、嘘をつくし、都合が悪くなったら、相手を、殺すぐらい平気でやるんだ。変な同情心を起こしてたら、君が、あとで、妙な立場に、立たされるよ。人殺しを、助

けようとしたってことでね」

「それでもいいわ」

「何いってるんだ？　自分のいってることがわかってるの？」

と、関口は、いったが、ユキは、駅舎に入って行くと、

「お話があります」

と、警官に、いった。

本橋ひろ子に、手錠をかけようとしていた警官が、振り返って、

「何です？　あなた方は、もう、出発していいんですよ」

「彼女は、ずっと、車内にいたんです。デッキには、出ていませんわ」

「何ですって？」

「だから、彼女は犯人じゃないんです。私は、ずっと、彼女のことを見てましたけど、彼女は、一度も、デッキには、行っていないんです。車内にいました」

「ちょっと、待って下さいよ」

警官は、戸惑いの色を見せた。

「彼女は、犯人じゃありませんわ」

と、ユキは、繰り返した。

警官は、関口を見た。

「どういうことですか？　これは。あなたは、デッキで、彼女と、ぶつかったと、証言した筈ですよ。それなのに、あなたの奥さんは、彼女は、ずっと、車内にいて、デッキには行かなかったといっている。どういうことなんです？」

「家内は、ちょっと興奮していて、自分のいってることがよく、わかっていないんです」

「そうですか？」

と、警官は、ユキに眼をやった。

関口は、もう、何も喋《しゃべ》るなというように、ユキに、眼で合図したのだが、彼女は、その合図が、わからないみたいに、

「私は、ずっと、見てましたわ。あの女《ひと》は、デッキには、行っていません」

「嘘をついていませんね？」

「はい」

「困りましたね」

と、警官は、また、関口に向き直って、

「もし、奥さんのいうことが、事実なら、あなたが、デッキで、あの女《ひと》とぶつかったというのは、嘘になってしまいますよ。本当は、どうなんですか？」

「間違いなく、あの女とぶつかっていますよ。あわてて、逃げて行ったんだ。それに、あの女は、嘘をついていたんですよ。腕に、名前を刺青するぐらいの仲だったのに、ぜんぜん、知らない男だなんてね。それだけでも、あの女が、犯人だということは、はっきりしてるじゃないですか」

と、関口は、いった。

「すると、奥さんは、嘘をついているわけですか？」

警官は、関口と、ユキを、見比べるようにした。

ユキも、関口を見た。だが、関口は、その視線を無視して、

「今もいったように、家内は、興奮して、自分が、何をいってるのか、わかっていないんですよ」

「何を興奮してるんです？」

「殺人事件にぶつかるなんて、めったにないことだし、その証人にされてしまうなん

てことは、なおさらないでしょう。だから、興奮しても、仕方がないんですが」

「すると、あなたの言葉の方が、正しいということになりますね？」

「ええ。そうです。この女が、犯人ですよ」

と、関口が、いった時、突然、本橋ひろ子が、ガラス戸を開けて、駅舎を飛び出した。

6

警官は、関口の方を向いていたし、関口やユキも、警官と話をしていたので、三人とも、ひろ子を、見ていなかった。

「あッ」

と、最初にいったのは、関口だった。

それで、警官も、あわてて、振り向き、

「こら、待て！」

と、怒鳴った。

「犯人が、逃げたぞ。捕えなきゃあ」

関口が、警官に向って、叱《しか》りつけるようにいった。

警官が、あわてて、駅舎を飛び出した。関口も、そのあとに続いたが、ユキは、動こうとしなかった。

逃げて行く、本橋ひろ子の背中が見えた。が、次の瞬間、その小さな姿が、木材を運んで来たトラックの大きな車体に、呑《の》み込まれてしまった。

ブレーキの悲鳴が、変に、間のびして、関口の耳に聞こえた。

トラックは、ずるずると、タイヤをきしませながら、動いて行く。

警官が、呆然《ぼうぜん》として、突っ立っている。

関口には、そんな、いろいろなものが、急に静止してしまった絵のように見えた。

トラックから降りて来た運転手に向って、警官が、何かいっているのだが、関口の耳へは、その声が、聞こえて来ない。

関口は、そうすることが、義務のように、のろのろと、トラックの方に、歩いて行った。

「突然、女の人が、飛び出して来たんだ。あれじゃあ、いくら、急ブレーキを踏んだって、間に合やあしないよ」

急に、トラック運転手の声が、はっきり聞こえて来た。

「それにしても、なぜ、轢《ひ》いちまったんだ！」

警官が、文句をいっている。

関口は、トラックの下で、血に染まって倒れている女を見つめた。その赤い血が、ひどく、現実離れして見え、一瞬、関口は、笑いたくなった。

そのあと、さまざまなことがあったのだが、関口は、ほとんど、覚えていなかった。女の死が、非現実的な感じがしたのと同じように、長万部《おしゃまんべ》署の刑事が、駈けつけてきたり、女の遺体が、運ばれて行ったり、証人として、長万部署で証言したりしたことを、よく、覚えてはいないのだ。

関口の前に、現実が戻って来たのは、ユキと、長万部駅に入ってからだった。

すでに、陽が落ちて、周囲は、暗くなっている。

ユキも、当然、旅を続けるものと思い、関口が、札幌までの切符を渡そうとすると、彼女は、函館までの自分の切符を買ってしまった。

「どうする気なんだ？」

と、関口は、とがめるように、ユキを見た。

ユキは、ひどくさめた眼で、関口を見た。いや、関口にだけ、そう見えたのかも知れない。

「私は、東京へ帰ります」

「それなら、僕も、帰るよ」

「ひとりで、帰りたいんです」

ユキは、静かにいったのだが、関口の耳には、冷たく、きっぱりといったように、聞こえた。

「あの女は、犯人だったんだよ。だから、追いつめられて、逃げたんだよ。それを、気にすることはないんだ」

と、関口は、早口に、いった。

「そんなことは、いっていませんわ。それは、どうでもいいんです」

と、ユキが、いう。

「じゃあ、何を怒ってるんだ？」

「私にも、よくわかりませんけど――」

「それなら、一緒に、旅を続けようじゃないか」

「ただ、もう、お別れしたいだけですわ」

と、ユキが、いった。

丁寧な口調だけに、なおさら、もう、駄目なのだという感じが、してきた。

ユキが、先に、改札口を、入って行った。

それを、追いかける気持は、もう、なくなって、関口は、改札口のところで、ぼんやりと、彼女が、函館行の列車に乗り込むのを、見送った。

(振り向くだろうか?)

それなら、まだ、何とかなると、関口は、思ったのだが、ユキが、振り向かないままに、列車は動き出した。

愛の詩集

1

私が、会社の用事で青森へ行ったのは、五月の末であった。

市内で用事をすませ、東京へ戻る時になって、十和田湖へ寄ってみる気になった。二日ばかり、日時の余裕があったせいもあるし、途中の八甲田で、今でも雪が見られると、聞いたからである。

私には、昔から、軽はずみなところがある。五月に雪が見られたところで、それほど珍しくもないのに、その時の私には、とてつもなく素晴らしいことのように、思えてしまったのである。

青森駅前の広場の隅に、十和田湖行のバスの待合所があった。

駅の待合室に似た建物で、私が行った時、まだ、バスは来ていなかった。私は、中に入り、肩にかけていたバッグを、ベンチに置いた。

奥が、切符売場になっている。

「十和田へ行きたいんだが」

と、いうと、

「湖を見物なさるんでしたら、遊覧船の切符も、一緒に買って下さい」

と、いわれた。私は、いわれるままに、二枚の切符を買った。

「バスの出るのは、何時ですか」

「二時半です」

私は、腕時計に眼をやった。まだ、三十分近い時間があった。

私は、その間に、見残した市内を歩いて来ようと思った。バッグの中から、カメラだけを取り出して、待合所を出た。

青森は、陸奥湾《むつわん》にそって、横に細長くのびた町である。

私は、港が見たくなった。待合所の裏に廻《まわ》ると、鉄道の線路の向うに、函館行の連絡船の煙突が見えた。岸壁に近づくにつれて、白くぬられた船体も見えてきた。近くにあるものが、小さいせいか、八千何百トンかの連絡船は、私の眼には、ひどく巨大な船に見えた。

倉庫の並ぶ岸壁では、四、五人の旅行者らしい人たちが、カメラを連絡船に向けて、さかんにシャッターを押していた。

私も、カメラをかまえて、何枚か、写真をとったが、そうしているうちに、五、六メートルほど離れた場所に立っている若い女の姿が、妙に気になってきた。

素晴らしい美人だったからではない。顔立ちも、スタイルも、普通の女だった。私が気になったのは、その女の様子だった。

小さなスーツケースを提げているところをみると、旅行者らしかった。が、他の人たちが、カメラで、さかんに連絡船をうつしているのに、彼女だけは、カメラも持たず、ぼんやりと、海に視線を向けていたからである。

「なぜ、旅に出るの？」

「苦しいからさ」

というのは、太宰治の小説の中に出てくるセリフだが、多くの旅行者は、楽しむために旅に出るのである。だが、その女の顔には、それがなかった。まるで、太宰治の小説の中の主人公のように、暗い眼で、海を見つめていた。

（まさか、海へ飛び込む気でもあるまい）

と、私が思った時、彼女は、急に、眼を海からそらせて、歩き出した。

2

駅前の喫茶店でコーヒーをのんでから、私は、待合所に戻った。

十和田湖行のバスは、すでに、待合所の前に止っていて、何人かの客が、車の中で出発を待っていた。

私も、待合所に置いたバッグをとって、バスに乗り込んだ。定員の三分の二ぐらいの乗客だった。

私は、一番後ろの席に腰を下ろした。

東京から来たらしい旅行客に混じって、東北訛《なま》りで、しゃべっている中年の女のグループもいた。地元の人が、十和田湖に、わざわざバスで行くのだろうかと、ちょっと不思議な気がしたが、話を聞いていると、彼女たちは十和田湖へ行くのではなく、途中の「酸《す》ケ湯」というところで、降りるらしかった。

酸ケ湯には、温泉があり、そこの宿屋には、自炊の設備があるようだった。商店のカミさん連中か、それとも、農家の人たちだろうか。とにかく、楽しげであった。

定刻の二時半になると、待合所のベルが鳴った。運転手が、車掌に声をかけてから、アクセルをふんだ。

車は、ちょっと動いてから、また止ってしまった。運転手が、窓から首を突き出して、何かいっている。どうやら、間際になって、新しい客が来たらしかった。

車掌が、ドアをあけた。若い女が、乗って来た。

あの女だった。

岸壁で、ぼんやり海を眺めていた女だった。

入口のところで、女は、立ち止まって、車内を見廻《みまわ》した。前の方は、空席がない。女は、ゆっくり、私のそばまで来て、私の前の席に腰を下ろした。

女の細いうなじが、私の前にきた。私は、何となく眼をそらせて、窓の外に視線を向けた。

バスは、また動き出した。

二十歳くらいの車掌は、マイクを取り上げると、

「今日は、ようこそ、十和田湖行のバスに、ご乗車下さいました。十和田へ着きますまでの間、私、神戸ユミ子が、みなさまのご案内をさせて頂きます――」

と、始めた。その声で、私は、初めて、このバスが、ガイドつきであることに、気づいたのである。

私は、あまり、バスガイドというのが好きではない。発見する喜びを、奪われてしまうからだ。山の間を走っていて、急に、眼の前が開けると、はっとする喜びも受けるのだが、あと何分で、視界が開けると予告されていたら、その喜びは、半分にへってしまう。

しかし、若いガイドさんは、私の心配にはかまわずに、これからバスが通る道には、どんなに素晴らしい名所があるかを、頬《ほお》を赤くそめながら、しゃべり続けた。

私は、苦笑するより仕方がなかった。バスに乗ってしまえば、運転手と、車掌のい

うとおりになるより仕方がないのだ。

乗客のほとんどは、バスガイドの説明に、熱心に耳をかたむけているようだった。

だが、私の他に、一人だけ、彼女の説明を聞いていない乗客がいた。

あの女だった。

彼女は、じっと、遠くに見える八甲田の山脈を見つめていた。

3

青森市内を出ると、道の両側には、田植えの終った水田が広がり始めた。道路は、意外によく整備されていた。

三十分ほど走り続けると、急に登り道になった。水田が見えなくなり、道路の両側は、深い雑木林になった。

バスは、登り続けた。山は、ますます深くなった。どうやら、八甲田に近づいたらしい。

「わあッ」

と、前の方の席に、小さな歓声があがった。

窓の下に、深い根雪が、まだ残っているのが見えたからである。地元のカミさん連中は、さすがに、見あきているのか、窓の外を見ようとしなかった。

運転手が、気をきかして（あるいは、止ることに最初から決っていたのかも知れないが）、車を止めた。

「ここで、五分ほど、停車いたします」

車掌が、にこにこ笑いながらいうと、東京から来た乗客は、カメラをぶら下げて、ぞろぞろと、バスから降りて行った。カメラに、五月の雪をおさめるつもりらしい。私も、カメラを持って、立ち上がった。が、あの女は、ちらっと、窓の外に眼をやっただけで、動こうとしなかった。

私は、もう一度、腰を下ろそうとしてから、思い直して、バスの外に出た。女に気を取られていることに、自分で、何となく反発を感じたからである。

ゆるい傾斜になっている山肌に、まとまった雪があった。雪の表面は、うすく泥をかぶっていて、お世辞にも、美しいとは、いえなかった。だが、手を触れてみると、それは、ひどく冷たく、まぎれもなく（当り前の話だが）雪であった。

私は、雪で小さな団子をこさえて、それを手の上でころがしながら、バスに眼を向けた。

あの女は、相変らず、ひどく暗い横顔を見せていた。

(一体、何を考えているのだろうか?)

私は、手が冷たくなってくるのを忘れて、そんなことを考えた。

五分して、バスは、また山間《やまあい》の道を走り始めた。

三時半頃、酸ケ湯温泉に着いた。大きな木造の建物が二軒並んでいた。それだけであった。旅館という感じではなく、保養所の感じだった。

カミさん連中は、いそいそとバスから降りて、その建物の中へ入って行った。

乗客の少くなったバスは、軽い車体を持てあますようにふるわせながら、十和田湖へ向って急いだ。

道路は、前よりもせまくなった。猿倉、蔦《つた》と、小さな温泉をすぎると、道路の右側に、流れの速い川が見えてきた。

「ここから先を、奥入瀬《おいらせ》といいます」

と、ガイド嬢がいった。この急流は、十和田湖から流れてきているのだという。これから、バスが、流れにそって登って行けば、十和田湖へ着くということである。

流れは、多くの滝を作っていた。眼を楽しませてくれる大きく美しい滝もあったが、中には、お世辞にも滝と呼べないような、小さな、ちょろちょろしたものもあったが、驚いたことに、それにも、立派な名前がついていた。

「あれは、有名な、血すじの滝でございます」

と、ガイド嬢がいった時には、車内に、小さな笑い声が起きた。確かに、血すじとしかいいようのない、細い水の流れだった。車内に生れた笑いは、いい得て妙だという感心と、そんなものまで、名所にしてしまう商魂のたくましさに対する苦笑が、入りまじっていたようである。

あの女は、その笑いにも、加わらなかった。

4

「間もなく、湖が見えてまいります」

ガイド嬢の声に、私は、眼を、窓の外に向けた。

音を立てて流れている急流と、頭の上におおいかぶさるように、枝をはっていた緑が、急に消えたかと思うと、眼の前に、いきなり、巨大な湖があらわれた。

「あッ」

と、乗客の一人が、小さな叫び声をあげたほどだった。

私は、この湖を最初に発見した人のことを考えた。彼は、どんなに、感動しただろうか。八甲田の山を登ってきて、こんな高いところに、大きな湖があろうとは、夢にも思わなかったろう。何の期待もなしに、登ってきて、いきなり、静かで、巨大な水面を見つけた時の驚きと感動。私は、それを考え、予告されて見なければならない自分を、悲しんだ。

その悲しみは、湖岸で、バスが止ったときに、余計に、深くなった。

待ちかまえていた遊覧船に、有無をいわさずに、押しこまれてしまったからである。三十トンばかりの船は、私たちが乗りこむやいなや、岸をはなれた。

湖は、静まりかえっていた。私は、その静けさに、満足したが、驚いたことに、この船にも、ガイド嬢がいた。いや、遊覧船なのだから、ガイドがつくのが当り前かも知れなかったが、ユニフォーム姿の若い女が、運転室からあらわれて、マイクをかまえた時には、私は、いささか、うんざりした。

なお悪いことに、船室がせまく、マイクから出た声は、がんがんひびく。しばらくは、私も、がまんしていたが、その中に、ガイド嬢は、サービスのつもりか、歌を、うたい始めた。

佐藤春夫作詩という、「湖畔の乙女」という歌である。

天くだりしか　みなわこりしか
あわれ　いみじき
湖畔の乙女
ふたりむかいて　何をか語る

湖畔の乙女というのは、高村光太郎が、十和田湖の岸に作った記念像のことである。

上手《うま》い詩らしいが、せまい船室で、ふしをつけて歌われると、私は、頭が痛くなった。

私は、ガイド嬢には悪かったが、船室から甲板に出た。

甲板といっても、四畳半くらいのせまいもので、そこに、長椅子《ながいす》が一つだけ置いてあった。

その長椅子に、あの女が、ひっそりと腰を下ろしていた。甲板に出ると、さすがに、風が冷たかった。そのせいか、彼女の顔は、白茶けて見えた。

私は、椅子に腰を下ろして、煙草に火をつけた。が、自分が、妙に落ち着きを失っているのを感じた。原因は、わかっていた。女のせいだった。

「失礼ですが――」

と、私は女に、声をかけた。かけずにはいられないようなものを、私は感じたのだ。

「東京から、来られたんですか？」

「――」

女は、黙って、私を見た。感情のこもらない眼で、私を見てから、

「ええ」

と、いった。

「僕も東京からです」

「――」

「十和田は、初めてですか？」

「ええ」

「寒くありませんか？」

「いいえ」

　女は、短い言葉しか、口に出さなかった。私は、言葉を見失って、黙ってしまった。妙に、重苦しい空気が、生れた感じだった。

　女は、私から眼をそらせると、水面に視線を向けた。それが、私に、青森港で、初めて彼女を見た時のことを、思い出させた。

「貴女《あなた》を、青森の港で、最初に、お見かけしました」

　と、私は、いった。

「岸壁で、海ばかり見ているんで、飛びこむんじゃないかと思いましたよ」

　私は、もちろん、冗談めかしていったのだが、ふり向いた女の顔に、ろうばいの色が走るのを、私は見た。

　女は、それをかくすように、笑って見せた。彼女が、初めて見せた微笑だった。

「それで、今度は、この湖に、飛びこむんじゃないかと、お思いになりましたのね？」

「別に、そうは思いませんが」

「飛びこんだら、どうなるのかしら？」

女は、ひとり言のように、いった。

「冷たいですよ」

私は、冗談にして、いった。

「そうでしょうね」

「死ぬのは、つまりませんよ」

「――――」

「東京では、何をしていらっしゃるんですか？」

私は、「死」から、遠ざかろうとして、話題をかえた。

「別に――」

「別に――というのは？」

私は、きいた。が、くどくききすぎたようであった。彼女は、黙ってしまった。

5

船は、湖を半周して、反対側の桟橋についた。休屋《やすみや》という場所である。

船から降りた時には、夕闇《ゆうやみ》が、ようやく広がり始めていた。

桟橋の近くには、土産物店や、旅館が並んでいた。

乗客のほとんどは、旅館が予約してあったとみえて、船から降りると、迎えに来ていた番頭と一緒に、散って行った。

私は、取り残された。あの女も、私と同じように、予約してなかったとみえて、ぽつんと、立っていた。

（旅館が、どこも満員だとすると、弱ったことになるな）

と、思った時、半天姿の若い男が、近づいてきた。

「旅館は、お決りですか？」

「いや」

「じゃあ、私のところへ、お泊りになって下さい」

「泊ってもいいが、高いのは困る」

「せいぜい勉強させて頂きます」

「サービス料こみで、千五百円で泊めてくれるかね」

「千五百円ですか――」

男は、ちょっと思案してから、

「いいでしょう」

と、いった。

「あの方は、お連れさんですか?」

私は、女に眼を向けた。彼女は、黙っていた。

「一緒の船だったが、連れというわけじゃない」

私が、いうと、男は、今度は、彼女に声をかけた。

「お嬢さんも、私どもへ、泊って頂けませんか?」

「いいわ」

と、彼女はいった。私は、ちょっと、意外な気がした。私と一緒に泊るのを、断ると思っていたからだ。

男は、私と女を、離れたところに止めてあった乗用車に案内した。

「これに乗って下さい」

「これに？」

私は、驚いた。

「旅館は、ここから、遠いのかね？」

「ちょっと、はなれています」

と、男は、悪びれずに、いった。女は、かまわずに車に乗った。仕方なしに、私も、座席に腰を下ろした。

男は、運転席に腰を下ろすと、乱暴にアクセルをふんだ。私たちを乗せた車は、どんどん湖の岸から、はなれて行く。湖岸の旅館も土産物店も、たちまち見えなくなった。

「本当に、ちょっとなのかね？」

私は、運転している男の背中に、声をかけた。

「すぐですよ」

と、男は、ハンドルを持ったまま、いった。だが、一向に、車の止る気配はない。

雑木林の中の一本道を、十分近く走ってから、車は、やっと止った。

「着きました」

と、男が、いった。

雑木林の中に、ぽつんと、真新しい旅館が建っていた。

「おかみさーん」

と、男は、運転席から首をつき出して、大声で、どなった。

「お客さんを、お連れしましたよ」

私は、やれやれと思いながら、車から降りた。

女は、別に驚いた様子もなく、こぢんまりした旅館を眺めていた。

6

旅館は、静かというより、閑散としていた。女中もいないらしく、玄関に出てきたのは、小太りのおかみさん一人だけであった。

えらいところに、連れて来られたものだと思ったが、いまさら、湖畔まで、引き返すわけにもいかなかった。第一、歩いてもどったら、三十分以上、かかってしまうだろう。

四十年輩のおかみさんは、私と、女の顔を見比べるようにした。

「一緒じゃないんだ」

私は、あわてていった。女は、相変らず、黙って、旅館の中を見廻《みまわ》していた。一体、この女は、何を考えているのだろうか。

私と、女は、二階の部屋に案内された。私が通されたのは、「菊の間」だった。名前だけは、立派だったが、ひどい安普請《やすぶしん》だった。窓をあけようとしたが、がたぴしして、半分くらいしかあかないのだ。

女は、隣の「桜の間」に入った。壁がうすいので、かすかな気配が聞こえてくる。

私は、また、自分が落ち着きを失っていくのを感じた。

五分ほどして、おかみさんが、宿帳を持って顔を出した。

「ごめんどうですが、書いて下さい」

と、おかみさんは、すまなそうに、いった。

住所、職業、年齢、それに、旅行目的を書くようになっている。

私は、ペンを取り上げてから、前の頁《ページ》に、女の字が書きこまれているのを見た。

〈東京都大田区××町××番地

原　口　玲《れい》　子《こ》（二五）〉

旅行目的のところに、記入はなかった。

あの女の名前は、原口玲子というらしい。もちろん、本名かどうかは、わからなかったが、たとえ偽名でも名前を知ったことで、私は、何となく、彼女に少し近づいたような気がした。

「ごはんを先になさいますか？　それとも、お風呂《ふろ》になさいますか？」

おかみさんが、きいた。私は、少し考えてから、先に、風呂に入りたいと、いった。丹前に着かえてから、私は、下に降りて行った。

浴室は小さく、それに、わかし湯であった。味気ないが仕方がない。湯舟につかった時、ガラス戸のあく音がした。私は、あわてて、わざと、湯を流す音を立てた。向うでも、それに気づいたらしく、ガラス戸の音がして、足音が消えた。

私が、風呂を出て、休憩室のところまで行くと、女が、丹前姿で、ガラスケースに入っているコケシを眺めていた。

「お風呂を、先に頂きました」

と、私はいった。さっき、浴室に入って来たのが、彼女だと思ったからである。

彼女は、軽く目礼を返しただけだった。

「原口玲子さんというお名前のようですね?」

「宿帳を、ごらんになったのね?」

女は、別に、怒った様子もせずに、いった。

「ええ」

と、私は、うなずいた。

「隣の部屋に、若い女性が泊っているとなれば、どうしても、気になりますからね」

「どういう風に?」

「いろいろとです。ロマンスが生れるんじゃないかという期待もあるし、どんな理由で、ひとりで旅行しているのだろうかという好奇心も働くし――」

「旅行するのが、好きなだけです」

「宿帳の旅行目的のところには、何も書かれませんでしたね？」

「いけません？」

彼女は、強い眼で私を見て、きき返した。

「別に、いけないことはないが、何となく、気になりました。ただ単に、旅が楽しいから旅行しているんじゃないような気がして――」

「自殺のためとでも書いたら、貴方《あなた》は、満足なさったのかしら？」

「怒ったのですか？」

「いいえ」

彼女は、笑って見せた。

「怒っても、仕方がありませんもの」

彼女は、ゆっくりとソファから立ち上がった。

「よかったら、夕食のあとで、僕の部屋へ来ませんか？」

私は、たいした期待も持たずに、いった。

7

夕食は、七時近くなってからだった。十和田は、マスの養殖で有名だが、そのせいか、おかずは、何から何まで、マスであった。

おかみさんが、膳《ぜん》を下げて行って、私が、座椅子《ざいす》にもたれて煙草をくわえた時、

「入って、よろしい？」

という女の声がした。期待していなかっただけに、私は、嬉《うれ》しくなり、立ち上がって、ドアをあけた。

彼女は、ちょっと、はにかんだような顔で、廊下に立っていた。

「どうぞ、どうぞ」

私は、彼女を、部屋に招び入れた。

「退屈で、困っていたところです」

「貴方《あなた》は――？」

「林です。林一郎二十七歳。どこにでもいるサラリーマンです。これは本名です」

「私も本名ですわ」

彼女は、テーブル越しに、微笑した。

「自分では、あまり好きな名前じゃありませんけど」

「原口玲子というのは、素敵な名前じゃありませんか。僕の林一郎に比べたら、はるかに個性的だ」

「――」

原口玲子は黙って笑った。

「十和田から、どこへ出られるんですか？」

「わかりません」

「わからない――？」

私は、原口玲子の顔を見た。別に、ふざけて、いっているのではないようだった。

「秋田の方にでも、行ってみようかと、思っているんですけど――」

「うらやましいな」

これは、私の本音だった。私は、東京に仕事が待っている。

「そうでしょうか？」

「そうですよ。うらやましいな。僕みたいなサラリーマンには、ひまも金もない。自由に旅行できるように、なりたくて、仕方がありませんね」

「私も、それほど自由じゃありませんわ」

「しかし、僕より自由だ。それに、時間の余裕もあるらしいし」

「時間――？」

原口玲子の顔が、なぜか、急に暗いものになった。

「私にも、時間は、ありませんわ。たいして――」

「たいして――というのは？」

「別に、どういうわけでも――」

彼女は、答にならないようないい方をした。何か理由がありそうだった。が、私は、きくのを止めた。

沈黙がきた。

原口玲子は、自分の手に、視線を落した。細く、きれいな指であった。丹前のえり元から、白い肌がのぞいていた。

ふいに、彼女が立ち上がった。その立ち方が、あまりに、突然だったので、私も、つられて立ってしまった。

「帰ります」

と、彼女は、いった。

私は、いきなり、彼女の手をつかんだ。なぜ、そうしたのか、私にもわからない。

彼女は、大きな眼で、つかまれた自分の手と、私の顔を見比べた。

「私が欲しいの――?」

原口玲子は、低い声で、いった。予期しない言葉に、私は驚き、狼狽《ろうばい》した。いきなり、横面を、なぐられたような気がした。私は、自分の顔が、ほてるのを感じた。私は、狼狽を隠そうとして、

「ああ」

と、いった。騎虎《きこ》の勢いというやつであった。

「ああ、君が欲しいんだ」

「――」

彼女は、ひどく澄んだ眼で、じっと、私を見た。

私も、彼女を見た。今度こそ、本当に、殴られるかも知れないと思った。だが、彼

女は、私を殴るかわりに、

「いいわ」

と、いった。

「私を、あげます」

8

翌朝、私が目覚めた時、枕元《まくらもと》においた腕時計は、すでに十時をさしていた。起き上がって、カーテンをあけた。どんよりと曇った空が見えた。いまにも降り出しそうな気配であった。

蒲団《ふとん》を片づけ終ったところへ、おかみさんが、朝食を運んできた。

「さっき、お持ちしたんですけど、よくお休みだったようなので」

「悪かったね」

と、私は、いった。

「僕と一緒に来た女の人は？」

「八時頃、湖を見てくるといって、お出かけになりましたよ」

「この天気に？」

「曇っている日の十和田も、いいもんですよ」

「もちろん、車で行ったんだろうね？」

「いいえ」

「歩いて行ったの？」

「ええ。車をお出ししますって、申し上げたんですけど、歩きたいからと、おっしゃって——」

「ふーん」

「何かあるんですか？」

「何かって？」

「あの方のことを、心配なさっていらっしゃるようですから」

「別に、何でもないんだ」

私は、あわてて、いった。

朝食をすませると、私も、歩いて、十和田湖へ行ってみる気になった。

湖に着いた時、雨になった。煙のような細い雨である。

私は、岸にそって歩いた。彼女を探す気だったが、どこにも、彼女の姿は見当らなかった。

一時間近く、湖畔を歩き廻《まわ》ったろうか。私は、あきらめて、旅館に戻った。

「湖は、どうでした？」

と、きくおかみさんに、私は、

「女の人は？」

と、きき返した。

「まだ、お戻りになりませんよ」

「まだ――？」

「向うで、お会いになりませんでした？」

「いや、会わなかった」

「おかしいですわね」

「この辺りで、湖の他に、見物するようなところは？」

「他には、ありませんけど」

「本当にないのかね？」

「ええ」

「――――」

私は、次第に、不安になってきた。まさかとは思っても、彼女の、何となくなげやりに見えた態度が、引っかかってくるのだ。

昼になっても、原口玲子は、旅館に戻って来なかった。旅館のおかみさんも、あわてだした。

「どうしたもんでしょう？」

と、おかみさんが、私にきいた。

「僕に、立ちあって貰《もら》えませんか」

「立ちあうって、どうするんですか」

「彼女の持物を、調べてみたいんです。だから、貴女《あなた》に、立ちあって欲しい」

「そんなことをして、いいんですか？」

「もちろん、いけないことだが、他に方法はないでしょう？　持物を調べれば、どうしたのか、わかるかも知れません」

「調べている時に、戻ってみえたら？」

「その時には、僕が、あやまりますよ」

「本当に、貴方《あなた》が、あやまって下さいますね」

おかみさんは、くどく念を押してから、私を、「桜の間」に、連れて行った。

部屋のすみに、小さなスーツケースが、一つだけ置いてあった。鍵《かぎ》は、かかっていなかった。

私は、しばらく、ためらってから、そのスーツケースをあけた。

化粧道具と、下着が、最初に出てきた。ワニ皮の紙入れには、一万円札が、二十枚近く入っていた。だが、そんなものには、私は興味がなかった。

スーツケースの一番下に、大学ノートが入っていた。

私は、取り出して、頁《ページ》を繰ってみた。

詩が、いくつも書いてあった。

「何が、書いてあるんです？」

おかみさんが、きいた。

「まさか、遺書じゃないでしょうね？」

「詩だよ」

「シ――」

「歌さ」

「歌ですか――」

おかみさんは、興味のなさそうな声で、いった。

私は、その中のいくつかの詩を読んでみた。

私には、詩は、よくわからない。そこに書かれてある詩が、上手《うま》いのか下手なのか、私には、わからなかった。

だが、読んでいって、一つだけ、わかったことがあった。

それは、「暗さ」だった。どの詩にも、明るさが、ひとかけらもないのだ。読んでいて、息苦しくなるほど、暗さに、あふれていた。

例えば、「孤独」という題の短い詩は、こんな言葉が並んでいた。

暗い死人のような闇《やみ》が、
耳の傍で、飢えた時間をきざみ

うつろな幻影が、私をかみくだく

他の詩も、同じであった。この暗さは、原口玲子自身の暗さなのだろうか。
私は、最後の頁をあけてみた。そこには、

〈愛〉

という字が、ぽつんと、一つだけ、書いてあった。恐らく、これは、詩の題であろう。だが、「愛」という題で、彼女が、どんな詩を書く積りだったのか、白い頁からは、何の答も見つけられなかった。

9

夕闇《ゆうやみ》が、あたりに立ちこめるようになっても、原口玲子は、戻って来なかった。旅館のおかみさんは、青い顔で、駐在所に、電話をかけた。

私は、その日の中《うち》に、東京へ帰る積りだったが、こうなっては、十和田をはなれるわけにはいかなくなってしまった。

（あの女は、自殺したのだろうか？）

私は、そう思い、駐在の巡査も、同じことを考えたとみえて、ボートを出しての、捜査が始められた。

夜に入ると、かがり火や、懐中電灯を用意して、湖の捜査が続けられたが、なかなか見つからなかった。

夜半になって、雨が強くなった。捜査は、一時中止された。

朝、雨があがり、再び、捜査が続けられた。

私も、ボートに乗って、捜査に加わっていたが、五百メートルほどはなれた岸で、人の騒ぐ声が聞こえたので、私は、急いで、引き返した。

原口玲子は、やはり死んでいた。水から引き上げられた死体には、苦しげな表情は、残っていなかった。

「この人に、間違いありませんか」

という巡査の言葉に、私は、ひどく重い気持で、うなずいた。

旅館のおかみさんは、青い顔で、

「家族に知らせなきゃあね」

と、いった。

私は、その日のうちに、十和田をたった。原口玲子の家族に、顔を合せるのが、辛かったからである。

私は、東京に戻った。が、気持が、落ち着かなかった。原口玲子の顔が、眼の前にちらついて仕方ないのだ。

なぜ、彼女は、自殺したのだろうか。

なぜ、死ぬ前に、私と一夜をともにしたのだろうか。

「愛」という題で、どんな詩を、書くつもりだったのだろうか。

いくつかの疑問が、わき出してきて、余計に、私を、落ち着かなくさせるのである。

東京に戻って五日目に、私は、部厚い封書を受け取った。差出人の名前は、「原口雄策」となっていた。私は、急いで、封を切った。

〈いきなり、この様なお手紙を差しあげることを、お許し下さい。

私は、十和田で亡くなりました原口玲子の父でございます。玲子は、私どもにとって、たった一人の娘で、ございました。その一人娘が、難病にかかっていると知ったのは、一年前のことで、ございます。

あと二年の命と知ってから、玲子は、すっかり暗い娘になってしまいました。無理もないのです。それなのに、父親の私には、どうすることもできませんでした。ただ、手をこまねいて、娘が死ぬのを、待っているより仕方がないのです。神さまに、すがったこともありましたが、それも、諦《あきら》めの気持に変りました。ただ、私は、娘が、短い人生の間に、一つでも、女としての喜びを味わってから死んで欲しいと、それだけを願っておりました。

娘に、旅行をすすめたのも、私です。好きな旅行に出れば、一瞬でも、死を忘れる時があるかも知れないと、思ったからでございます。

玲子が死んだという連絡を受けたとき、私は、とうとう来たるべきものが来たという気持でした。ただ、今度の旅行の中で、一つでも、娘が、楽しい思い出を持つことができたろうかと、それだけを考えながら、十和田へ行ったのです。

私は、娘の遺品の中に、詩の書かれたノートを見つけました。貴方様《あなた》も、お読みになったように、ひどく暗い言葉ばかりが並んでいます。私は、読んでいて、胸がつぶれる思いでございました。最後に、『愛』という字にぶつかった時、私は、初めて、ほっとした気持になりました。玲子が、『愛』という題で、どんな詩を書こうとしたのか、私には、わかりません。しかし、『愛』について、考えた瞬間があったのだと知って、私は、救われた気持になりました。旅館のご主人から、貴方様のことを、お聞きしました。娘と貴方様との間に、どんな話が交わされたのか、私には、わかりません。ただ、私は、あの娘の父親として、娘と貴方様との間に、愛に似たものがあったと考えたいのです。勝手な想像と、お叱《しか》りを受けるのは、わかっておりますが、娘の幸福だったことを願う父親のわがままとして、お許し下さいますよう、お願い申し上げます。

玲子が作りました詩は、私が、自費出版してやりたいと思っております。そのことで、貴方様に、お願いがございます。詩集の題名を、何としたらよいか、考えて頂けないでしょうか。

原　口　雄　策

林　一　郎　様〉

私は、何度、この手紙を読み返したか、わからない。読んでいる間も、十和田湖の青い水の色と、原口玲子の白い顔が、眼先にちらついて仕方がなかった。

私は、その日の夜、返事を書いた。

〈何と申し上げてよいか、私には、言葉が見つかりません。ありきたりの慰めの言葉は、貴方の心を傷つけるだけと思い、書くのをひかえます。

私と玲子さんの間に、愛を感じあった瞬間があったことを、私は、今でも信じております。

詩集の題は、『愛の詩集』となさったら、いかがでしょうか。あの詩集は、確かに、暗さに、あふれています。そして、『愛』という言葉は、最後に、たった一つだけ書かれているにすぎません。しかし、私には、あの暗さは、『愛』を求め続けたための暗さとしか思えないのです。

詩集が出版されましたら、ぜひ一部、お送り下さい〉

脅迫者

1

森口の指先が、由美子《ゆみこ》の背中をゆっくり滑って、丸く豊かなヒップに触れた。二十歳と若いだけに、妻の冴子《さえこ》に比べると、はるかに弾力のある身体《からだ》をしている。

「僕は、君みたいに、ひんやりとお尻《しり》の冷たい女が好きだよ」

森口が、指先に力をこめて抱き寄せながら、耳元でささやくと、由美子は、甘く鼻を鳴らしてから、森口の胸に顔を埋め、乳のあたりを軽く噛《か》んだ。

「ねえ」

「何《なん》だ?」

「奥さんより、あたしの身体のほうが素敵？」

「ああ。比べものにならないよ。君のほうがきれいで、若くて――」

「もっといって」

「おっぱいも、お尻も、君のほうが、ずっと魅力的だ」

「でも、まだ、奥さんに未練があるんでしょう？」

「あるものか」

「でも、社長さんが、奥さんと仲直りしたって、プロダクションの人たちが話してたわ」

「それは芝居だよ」

「芝居って？」

「僕はね」と、ふいに、森口は、由美子を両手で押さえつけるようにして、彼女の顔をのぞき込んだ。

「決心をしたんだ。結着をつけようとね。家内を殺して、君と一緒になる」

「ほんと？」

由美子は、大きな眼で、森口を見た。

「本当だ」

「いつ？」

「明日だ。この先に、法師《ほうし》温泉という、ひなびた温泉があるのを知っているかい？」

「知らない。その温泉がどうかしたの？」

「僕と、家内が、五年前に、初めて一緒に泊まった旅館がある」

五年前、森口冴子は、スターだった。どのチャンネルを回しても、彼女が出演しているといわれたものだった。テレビ界だけでなく、映画でも、舞台でも、彼女はスターになった。

頭の切れる冴子は、プロダクションから独立し、自分で、森口プロダクションを作った。森口は、そこに雇われた社員だったにすぎない。

その社員と、社長の冴子が、できてしまった。婿森口が、養子の形で、彼女の籍に入り、森口プロの社長の椅子《いす》に着いた。

それから五年。プロダクションは隆盛だが、冴子自身の人気は下り坂だった。名声に酔って、彼女が努力をおこたったのだ。五年前、若い男たちを惹《ひ》きつけた美しい身体《からだ》の線は、いつの間にか崩れて、ぶくぶく太ってしまった。

芸能界が、次第に、冴子に冷たくなったように、森口も、彼女にあきてきた。そんなとき、森口の前に現われたのが、鈴村由美子だった。

由美子は、森口プロが新しく売り出そうとする三人娘の一人だったが、どこか物うげな眼つきの彼女に、森口は惚《ほ》れてしまった。

冴子は、しばらくして、二人の仲に気がついた。当然、夫婦の間は、まずくなった。が、森口は、このまま離婚してしまえば、森口プロダクションを追い出されてしまう。社長といっても、実権は、副社長の冴子が握っていたからである。

一番いいのは、冴子が死に、名実ともに、プロダクションの主宰者になり、由美子を新しい妻として迎えることだった。

だから、森口は、妻の冴子を殺す気になった。

2

「明日の昼過ぎに、僕は、車を運転して、上越線の後閑《ごかん》駅へ、家内を迎えに行く。彼女には、僕は、一人で先に法師温泉へきていることになっているのだ」

「あたしは、どうしていればいいの？」

「この猿ケ京《さるがきょう》温泉で、じっとしていればいい。いいかい。僕は君と、ここで三日間、ずっと一緒に過ごしたことにするんだ。あとで、警察にきかれたら、そう答える。昨日、今日、明日の三日間だ」

「奥さんを駅に迎えに行ってから、どうするの？」

「車で、山奥へ連れて行って殺す」

「大丈夫？」

「大丈夫だ。山奥へ埋めてしまえば、誰《だれ》にもわからないさ。そうしておいて、明後日《あさって》、東京へ戻ってから、警察に捜索願を出す」

「奥さんが、法師温泉へ行くのを知っている人がいたら、困らない？」

「大丈夫だよ。五年前を思い出そうと、僕がいったら、家内は、誰にもいわず、そっと、出かけてくるといっていたからね。それに、家内は、もう忘れられたスターだ。列車の中でも、家内に注意を払うような人間はいない筈《はず》だ。先週なんか、家内の顔は、一度も、ブラウン管に映らなかったからね。家内は、もう、せいぜい地方局のテレビの再放送番組で、出てくるくらいのものなんだ。自分じゃあ、まだ、現役のスターだと思っているがね。これからは、若い君の番だ」

「うれしい！」

由美子は、森口にかじりついてきた。

翌日。

森口は、由美子一人を、猿ケ京温泉のホテルに残して、自分の車で、後閑駅まで妻の冴子を迎えに行った。

冴子は、約束どおり、午後四時十六分着の特急で、到着した。

サングラスをかけ、派手な服装の冴子は、駅前に待っていた森口の車に乗り込むと、

「サインなんか頼まれると嫌だから、顔をかくしてきたんだけど」

と、サングラスを外した。

この女は、まだ、自分が、ファンにわあわあいわれる存在だと思っているのだ。他人のことには、冷静な判断を下せる女なのだが、自分のことだけは、冷静でなくなってしまうのだろう。

森口は、黙って車をスタートさせた。

「ねえ。今日のあたし、きれいに見えて？　いつもと違う美容室に行ったもんだから、

髪型が変でしょう?」

冴子が、しきりに髪をなぜながらきいた。

「いや。よく似合っているさ」

「そう。そうならいいけど。法師温泉はどうだった?」

「静かだったよ」

「五年前に、あたしたちが泊まった旅館、何《なん》ていったかしら?」

「三根旅館なら、まだあったよ。改築されていたがね。そこに、部屋をとったよ」

「そう。嬉《うれ》しい」

冴子は、妙にはしゃいだ声を出した。

車は、山道をのぼって行く。冴子は、座席に背をもたせかけ、眼を閉じている。上野からの列車で、疲れたのだろう。しばらくすると、軽い寝息をたてはじめた。

山が深くなった。

法師温泉への道を、途中で脇道《わきみち》にそれた。車一台が、やっと通れるような細い道で、五、六分走ると、前方に雑木林が見え、道は、そこで終っていた。

人の気配は、全くない。

鮮やかな紅葉が、両側から蔽《おお》いかぶさっている。

冴子が眼をさまし、「着いたの？」と、寝呆《ねぼ》けた声できいた。

「紅葉がきれいなんで、途中で、ちょっと止まってみたのさ」

「本当にきれいね」

冴子は、助手席から降りると、林に向かって小さく伸びをした。

森口は、スパナを持って、そっと背後から近づき、思いっきり、妻の後頭部めがけて振りおろした。

「ぐえっ」

と、冴子は、獣のような唸《うな》り声をあげた。倒れるところを、もう一度、殴りつけると、彼女は、動かなくなった。

森口は、肩で大きく息をついてから、周囲を見回した。人の気配は、相変らずなかった。初冬の陽《ひ》だけが、降り注いでいるだけだった。

森口は、一息《ひといき》ついてから、車に戻って、トランクからシャベルを取り出すと、林の奥に、妻の死体を埋める作業に取りかかった。

3

二日後、森口は、何くわぬ顔で、由美子と東京に帰った。

田園調布の自宅に戻って、お手伝いから、冴子が、二日前に出かけたまま帰ってこないと聞くと、もっともらしく、妻の家族や、友人の家に電話してから、警察に、捜索願を出した。

森口が計算したとおり、警察は、あまり熱心に探してはくれなかった。家出や蒸発は、年間、二万件近くあるということだったし、大の大人では、誘拐の線も考えられなかったからだろう。

警察より熱心だったのは、週刊誌だった。

森口は、その取材合戦の矢面《やおもて》に立たされた。彼は、質問に、知らない、わからないの一点張りで答えながら、

（おかしなものだ）

と、内心、苦笑していた。

ここ一年ばかり、冴子が、週刊誌に取りあげられたことは一度もなかった。それなのに、消えたということで、記者たちが殺到したのだ。

しかし、この騒ぎも、急激に鎮《しず》まってしまった。五年前の冴子が消えたのなら、週刊誌は、二度、三度と取りあげただろうが、今の森口冴子には、再度取りあげるだけのネーム・バリューはなくなっていたのだ。

一か月もたつと、冴子の失踪《しっそう》は、誰も話題にしなくなった。他《ほか》にいくらでも、新鮮な話題があったからである。

森口は、着実に、プロダクションの実権を手に入れていった。三人娘の中で、鈴村由美子を重点的に売り出すことを、強引に決定した。

由美子は、プロダクションをあげての売り込みが成功して、連続テレビドラマの主役にありついた。レコードのほうも、特徴のある声が受けて、最初の『あたしを叱《しか》って』が、三十万枚のヒットになった。

万事、順調だった。

（年が明けたら――）

と、森口は、考えていた。

年が明けたら、世間が、妻のことを、全く忘れてしまった頃《ころ》、もう一度、あの雑木林へ行って、死体を掘り起こすのだ。

死体は多分、もう白骨化してしまっていることだろう。そんな死体を、一緒に埋めておいた身の回り品とも、どこかの谷にでも捨てておくのだ。法師温泉とは遠く離れた場所がいい。

白骨死体は、やがて発見され、一緒に見つかった身の回り品から、捜索願の出ている冴子とわかる。森口は駈《か》けつけて、涙を流せばいいのだ。

葬儀は、せめてもの罪滅《つみほろぼ》しに、思いっきり盛大にやってやろう。その後は、完全に自由だ。プロダクションは、名実ともに彼のものになるし、由美子と再婚しても、誰も彼を非難はしまい。

希望がふくらんできた。夢が実現したのだ。プロダクションに顔を出しても、自然に、笑ってしまう毎日になった。妻が行方《ゆくえ》不明になったのだから、沈んだ顔をしていなければならないと思うのだが、社長室でひとりになると、どうしても、笑いが、口元に浮かんできてしまうのだ。

秘書の小見山順子が、手紙類を持ってきたときも、森口は、窓の外を見ながら、ほくそ笑んでいた。

「お手紙です」

と、順子にいわれて、森口は、あわてて難しい顔を作り、ふり向いて、「ご苦労さん」と、手紙の束を受け取った。

毎日、プロダクション所属のタレントへのファンレターを別にして、二、三十通の手紙が届く。

契約書、請求書、その他、いろいろな手紙である。社長の眼で、一つ一つ見ていったが、その中に、

〈森口プロダクション　森口冴子様〉

と、書かれた白い封筒が入っていた。

森口プロ宛《あて》の手紙は、ほとんど、プロダクション御中か、名前だけにしろ、森口が社長だったから、森口孝夫《たかお》様となっている。

（彼女への個人的な手紙かな）

と、思った。

あまり上手《うま》い字ではない。下手《へた》な字といったほうがいいだろう。裏を返してみたが、

差出人の名前はなかった。

森口は、首をひねりながら、封を切り、中の便箋《びんせん》を取り出した。が、読んでいくうちに、彼の顔が、まっ青になった。

4

〈わたしは、あなたが、ほんとうは、ゆくえふめいなんかじゃなく、わるいひとに、やまおくでころされて、うめられてしまったのをしっています。かなしいとおもいます。なみだがでて、しかたがありません〉

全部、平がなで、こう書いてあった。

子供みたいに、下手な字だったが、森口は、大人が、筆跡をかくすために、わざと、下手な、平がなばかりで書いたのだと思った。左手で書いたのかも知れない。筆跡をかくすために、よくある手だ。

（いったい、誰だろう？）

森口は、必死に考えた。

法師温泉近くの雑木林で、冴子を殺し、林の奥へ埋めたのを知っている者はいない筈《はず》だ。それに現場には、誰もいなかった。人気《ひとけ》のないのを確かめてから、冴子を殴り殺し、埋めたのだ。

森口は、封筒の消印を調べてみた。

〈渋川郵便局〉

法師温泉からは、かなり離れているが、同じ群馬県だ。

あの雑木林には、誰もいなかった。

だが、近くの山に、誰かがいて、双眼鏡で見ていたのかも知れない。群馬の人間なら、たまたま、あの辺りにきていたことは、十分に考えられるではないか。

その人物が、冴子の顔を知っていたのだ。だから、こんな手紙をよこした。

（この手紙の主は、どの程度まで、見たのだろうか？）

森口は、蒼《あお》ざめた顔で考えた。

（殺されたのが、昔スターだった森口冴子だとはわかった。だが、おれの顔も、はっきり見たのだろうか？）

見たかも知れない。だが、森口のほうは、テレビに出たこともなかったし、週刊誌に取りあげられたこともない。だから、顔を見ても、どこの誰だかわからなかったのだ。それで、「わるいひと」などと、書いているのだろう。

森口は、当然、次の疑問にぶつかった。

(この手紙の主の狙《ねら》いは、いったい何なのか?)

ということである。

脅迫とも思えない。少なくとも、文面は、脅迫ではない。死んだ森口冴子に語りかけるような形になっているからである。

(だが、相手は、間接的な脅迫をしているのかも知れない)

と、森口は、思い返した。

手紙の主は、森口が、冴子を殺すのを目撃した。しかし、森口が誰なのか知らなかった。ただ、冴子の身近な人間と見当をつけたのかもわからない。森口冴子宛《あて》に、こんな手紙を書けば、犯人も、きっと読むに違いないと考えたのではないだろうか。

もし、手紙の主が、そう考えた上で出したのだとしたら、これは、立派な脅迫状ではないだろうか。

（警察にも、同じような手紙を出しているのではあるまいか）

と、考えて、森口は、その日一日、不安の中で過ごしたが、刑事は、プロダクション事務所にも、自宅にも、訪ねては、こなかった。

5

それから一週間、森口は、不安と焦燥の中で過ごした。

手紙の主が誰なのかわからないのが、一番不安なのだ。警察に知られてないところをみると、どうやら、脅迫が狙《ねら》いらしい。もし、冴子を殺したのが森口とわかったら、きっと、多額の金をゆするだろう。

（ひょっとすると、目撃した男が、何という名前なのか知ろうとして、プロダクションに現われるかもわからないな）

とも、考えた。

見なれない人物が、事務所を訪ねてくるたびに、森口は、どきっとした。

たいていは、所属タレントのファンだったが、事務所の入口に立って、じろじろと内をのぞき見している人間を見ると、森口は、あわてて、社長室に逃げ込んだ。

正確に一週間目に、森口は、プロダクション宛《あて》に届けられた手紙類の中に、前のものと全く同じ筆跡の手紙を発見した。

〈森口冴子様〉

という書き方も同じだった。消印は、〈渋川郵便局〉で、やはり、差出人の名前はなかった。

中には、便箋《びんせん》が一枚。そして平がなばかりの手紙。

〈けいさつは、なにをしているのでしょうか。あのやまをほればいいのに、けいさつはまだ、あなたが、いえででもしたと、おもっています。でも、けいさつにも、あたまのいいひとがいるから、きっと、あなたがころされたのがわかって、はんにんをつかまえてくれると、わたしは、しんじています〉

森口は、何度も、繰り返して読み直した。まるで、読み返せば、文字の向こうから、手紙の主の顔や名前が浮かび上がってくるとでも思っているみたいな、難しい眼になっていた。

平がなばかりの文章や、子供みたいな下手《へた》くそさが、かえって、森口には不気味なのだ。

手紙の主は、森口が冴子を殺して、法師温泉近くの雑木林に埋めたことを目撃した。これは、もう間違いない。

森口は、手紙を丸めると、一通目と同じように、灰皿の上で火をつけた。めらめらと燃え上がる白い封筒と便箋。やがて、それは、黒くねじれた炭素の塊《かたまり》になった。が、森口の不安は消えてくれなかった。

(だが、どうしたらいいのか?)

森口は、いらいらと、社長室の中を歩き廻《まわ》った。

このままでは、神経が参ってしまう。第一の手紙を受け取ってから、今日までの一週間、森口は、プロダクションの社員を、怒鳴りつけてばかりいた。社員はピリピリしてしまっているし、若い女性タレントの中には、泣き出した者までいる。

このままでは、折角、軌道に乗っているプロダクションが、内部から、がたがたしかねない。

気分をまぎらすには、由美子を抱くのが一番だった。彼女の若々しい身体《からだ》を抱いているときだけは、どうやら、妙な脅迫状の文句を忘れられるのだ。

6

「痛いわ」

と、由美子が、眉《まゆ》を寄せた。

森口の太い指につかまれて、彼女の右の乳房が、ひしゃげている。

「いつものように、優しくもんでよ。そんなに強くつかまれたら、感じなくなっちゃうわ」

「遅かったじゃないか」と、森口は、怒った声でいった。

「Sテレビの録画撮《ど》りは、十一時に終った筈《はず》だ。十二時までには、ここへこられた筈だ」

「いろいろとあるのよ。仕事が終ったから、はいサヨナラっていうわけにはいかないわ。社長さんだって、そのくらいのことは、知ってるでしょ?」

「まさか、岡本英太郎《おかもとえいたろう》と、いい仲になったんじゃないだろうな？」

「馬鹿《ばか》ね。ああいう、いかにも二枚目ってタイプは、あたしは嫌いなの」

「しかし、お前と怪しいという噂《うわさ》を聞いたぞ」

「二回ぐらい、仕事のあとでお茶をつき合っただけよ。この頃、社長さん、どうかしてるわよ。いったい、どうしたの？」

「わたしが、家内を殺したんで、怖くなったんじゃあるまいな？　お前のために、殺したんだぞ」

「社長さん自身のためでもあったんでしょう？」

由美子は、小ずるい眼《め》で、森口の顔をのぞき込んだ。

「そんなことはどうでもいい」

「よくはないわ」

「何だって？」

「本当にあたしが好きなら、あたしと結婚してよ。奥さんを殺したって、あたしとの仲は、前のままじゃないの」

「家内は、行方不明ということになっているんだ。君と、今すぐ一緒になれる筈がないじゃないか。年が明けるまで待つんだ。そうすれば、万事、上手《うま》くいく」

「来年だなんて、まだ二か月もあるわ」

「二か月なんて、すぐだよ」

「じゃあ、結婚は来年で我慢するけど、奥さんがいなくなったんだから、会社のお金は、社長さんの自由になるんでしょう?」

「何をいいたいんだ?」

「あたしは、この間から、車が欲しいっていってるじゃないの。白いポルシェ。それに、あたしは、週二本のテレビドラマに出てるし、レコードだって、ヒットしてるわ。それなのに、月給はもとのままだわ」

「このマンションを買ってやったじゃないか」

「でも、名義は、社長さんの名前で、本当に、あたしのものになったわけじゃないわ」

「外聞というものがあるんだ。急に、君だけに、マンションや車を買ってやったり、月給をあげたら、怪しむ者だって出てくるし、他《ほか》のタレントのしめしがつかなくなる。こんな話は止《や》めようじゃないか。裸で抱き合ってするような話じゃない」

森口は、由美子の身体《からだ》を抱き寄せ、指先を下へ滑らせていった。いつもなら、ゆっくりと足を広げていくのに、今夜は、彼女は、ぴったりと足を閉じたまま、開こうとしない。

「開けよ」

「駄目。女の身体ってね、気分が乗らないと濡《ぬ》れてこないものなのよ。はっきりして欲しいわ」

「なぜ、そう急ぐんだ？」

「若いときは二度ないんだもの。いろいろと、おいしい話を持ってきてくれる人がいるのよ」

「他のプロダクションから、誘われているのか？」

「まあ、そうね」

「君は、絶対に手放さんぞ。お前は、おれのものだ」

「それなら、それらしくして」

「うるさい！」

森口は、いきなり、由美子の頬《ほお》を殴りつけ、腕をつかんでねじあげた。由美子が、

「いいっ」と、悲鳴をあげて、身体を弓なりにそらせた。その突き出した乳房に、森口は、自分の唇を押しつけ、乳首を噛《か》んだ。

「止《や》めて。痛いわ」

「おれのものだと誓え！」

森口は、命令する口調でいった。いいながら、彼の頭に、ふと、暗い疑惑が通り過ぎた。

（あの脅迫状は、由美子が書いたのではないのだろうか？）

7

森口は、あわてて、首をふった。そんなことがあってたまるものかと思った。

だが、一度、ふき上がった疑惑は、すぐには消えてくれなかった。それどころか、雪だるまみたいに、どんどん大きくなっていくのだ。

妻の冴子を殺すことは、由美子にしか話していない。とすれば、奇妙な脅迫状の主が、由美子であることも、十分に考えられるのだ。

疑えば、いくらでも疑えるのだが、森口は、無理矢理、わき上がってくる疑惑を押さえつけた。自分のためにも、もちろんあったが、半分は、由美子のために、妻を殺したのだ。それなのに、すぐ結婚できないとか、車を買い与えないといった理由で、脅迫者になられてはかなわない。その気持が、疑惑を無理にでも、押さえつけさせたのかも知れない。

しかし、また一週間たつと、例の手紙が、例によって、〈森口冴子様〉の宛名《あてな》で、届けられた。消印も同じ〈渋川郵便局〉である。

森口は、怒りと不安で、かすかに手をふるわせながら、封を切った。

〈やっぱり、わたしのおもったとおり、あなたをころしたのは、ごしゅじんでした。あなたをあいしているふりをして、ころすなんて、ほんとうに、おそろしいひとだとおもいます。それなのに、あなたのまわりのひとたちは、あなたが、いえでをしたとおもっています。ごしゅじんが、みんなをだましているからです。けいさつだって、だまされているのです。わたしは、けいさつに、しらせようかとおもっています〉

(とうとうだ)

と、森口の顔から、血の気が引いていった。手紙の主は、とうとう、冴子を殺したのが、夫の森口だということを、探り出したのだ。そして、警察に知らせる気でいる。もう、一刻も猶予はできない。手紙の主を見つけ出して、その口をふさがなければ、破滅があるだけだ。相手は、森口が、冴子を殺して、埋めたことまで知っているのだ。警察で証言され、そのとおりに死体が出てきたら、のがれる術《すべ》はない。

(由美子だろうか?)

彼女を誘い出し、殺すことは簡単にできるだろう。だが、殺してしまったあとで、手紙の主が別にいたら、大変なことになる。

といって、由美子に白状させる自信はなかった。可愛《かわい》い顔をしているが、気の強い女なのだ。多少、痛めつけたところで、本当のことはいわないだろう。

手紙がきた翌日、森口は、秘書には、風邪で休むと電話しておいて、車にシャベルを積み込んで、法師温泉へ向かった。

晴れているが、冬が間近いことを示すような風の冷たい日だった。

晴れていることは、ありがたかった。もし、どんよりと曇っていたり、雨でも降っていたら、冴子を殺して埋めた日との比較ができなくなってしまうからである。あの日も、晴れていたが、寒い日だった。

群馬県へ入ると、森口の顔が、自然に厳しくなった。警察が、すでに彼に疑惑を持ちはじめていて、あとをつけているかも知れないと思い、車を走らせながら、絶えずバックミラーをのぞいていたが、尾行してくる車の姿はなかった。

車は、前橋を抜け、渋川の街に入った。森口は、新しい緊張を感じた。奇妙な脅迫状は、すべて、この街で投函《とうかん》されているのだ。常識的に考えれば、相手は、この街の住人だということになる。

だが、わかるのは、そこまでである。まさか、この街の住人を、一人一人調べるわけにはいかなかった。

森口は、法師温泉に向かった。とにかく、埋めた死体を、どこかへ移してしまうことが先決だ。死体さえ見つからなければ、たとえ目撃者が、警察に知らせても、恐れることはない。

記憶のある脇道《わきみち》へ入る。相変らず人の気配はなかった。紅葉は、この前より一層濃くなり、落葉の季節に入っていた。

前方に、あの雑木林が見えてきた。そこが突き当りだった。車を止め、外に出てから、森口は、用心深く、周囲を見回した。

東と西に山が迫っているが、西側の山は、雑木林がさえぎっているから、向こうからも、こちらが見えない筈《はず》だった。

残るのは、東の山の斜面である。濃い針葉樹が、うっそうと、斜面を覆っていて、人が入るようなところには見えない。

森口は、持参した双眼鏡で、斜面を、なめるように見て行った。けものみちらしいものも見つからない。最近になって、樹《き》を切った様子もない。あの深い樹林では、あのとき、あそこに人がいたとしても、樹が邪魔になって、森口も、冴子も見えなかったろう。

（すると目撃者はいなかったのか）

森口は、双眼鏡を運転席に放り込むと、後部のトランクからシャベルを持ち出し、落葉の積った雑木林に入って行った。殺す現場を目撃されはしなかったのだとわかったが、あの脅迫状は、幻ではなかった。死体が、この雑木林に埋まっている限り、危険であることに変りはないのだ。

森口は、奥へ、奥へと進み、目印の太い栗《くり》の木の傍《そば》を掘りはじめた。

(目撃者がいなかったとなると、あの手紙の主は、やはり、由美子だったのか)

黒い土を掘り起こしながら、森口は、舌打ちをした。

(まるで、飼犬に手をかまれたようなものだ)

シャベルの先が、死体を探しあてた。服が見えてきた。手や、顔も出てくる。この辺りの気温が低いせいか、まだ、ほとんど腐敗ははじまっていなかった。

森口が、シャベルを置いて、死体を穴の外へ運びあげる作業に取りかかろうとしたとき、突然、背後で、ガサッと、落葉の鳴る音がした。

森口は、ぎょっとして、つかんでいた死体の足を放り投げて、ふり向いた。

五、六メートル先に、綿入れのチャンチャンコを羽織った十七、八の娘が立っていた。この辺りの娘らしく、手に、栗を入れた竹かごを持っていた。

その娘が、蒼《あお》い顔で、じっと、森口を見つめていた。が、急に、竹かごを放り出すと、いっさんに逃げ出した。

森口は、反射的に、追いかけた。

死体を見られたということもあった。が、手紙の主は、この娘じゃないかという考えが、とっさに閃《ひら》めいたからである。

この雑木林には、栗の木が多い。あのときだって、気がつかなかったが、栗拾いの季節だったのだ。

森口が、冴子を殺すところを見た人間はいなかったが、この娘が、あのとき、栗拾いにきて、森口が死体を埋めるところを見たに違いない。この森林は、この娘の家の持ち物なのだろう。

追いついて、娘の腕をつかんだ。

娘が、甲高《かんだか》い悲鳴をあげた。片手で口をふさぎ、もう一方の手で、首を締めた。

娘は、必死でもがき、自由になる足で、森口を蹴《け》っていたが、次第に、勢いがなくなり、やがて、娘の身体《からだ》は、ぐんにゃりとなった。

森口は、荒い息を吐きながら、両手を放した。小柄な娘の身体は、どさっと、音を立てて、落葉の積った地面に倒れた。

8

死体は二つになってしまった。

だが、この二つとも、どこかへ運ばなければならない。冴子の死体は、勿論《もちろん》だし、娘のほうも、きっと、家族が探しにくるに違いないからである。

まず、娘の死体を、車のリアシートに放り込んだ。次は、毛布を持ち出して、それに冴子の死体を包み、リアトランクに入れた。死体は重い。作業を了《お》え、運転席に腰を下ろしたときには、森口も、まるで死者になってしまったような蒼い顔をしていた。

まだ、仕事は終っていない。

森口は、新しい捨て場所を探すために、二つの死体を積んだ車で、山道を走り回った。

陽《ひ》が落ちて、暗くなったところで、森口は、人気《ひとけ》のない森の中で車を止め、懐中電灯を頼りに、森の中に穴を掘りはじめた。前の雑木林からは、かなり離れた場所だった。車で二時間以上走っている。

二つの死体は、別々の穴に埋めた。万一、誰かに片方が掘り出されても、二つの死体の間の関係を知られたくなかったからである。死体を埋め終ると、森口は、疲れ切っていた。車に戻ってから、二十分近く運転席で、眼を閉じて、じっとしていた。

森口が、東京に戻ったのは、翌日の午前三時に近かった。

ベッドにもぐり込んだが、眠れはしなかった。身体は疲れているのだが、神経が昂《たかぶ》ってしまって、寝つかれないのだ。妻の冴子のほうは、殺さなければ、どうにもやり切れなかったから殺したのだし、殺したことに、後悔はしていなかったが、あの若い娘は、可哀《かわい》そうだったと思った。雑木林の中で、死体を掘りかえしているところを見たのが不運だったのだし、あんな脅迫状を書いたのがいけないのだ。

朝刊には、何も出ていなかったが、夕刊には、小さくだが、あの娘のことが載っていた。

〈群馬県で、農家の娘さん行方不明〉

そんな見出しだった。顔写真も出ていた。

〈群馬県N郡の農家山下徳之助《とくのすけ》さんの長女正子さん（十八）は、昨日の午後三時頃、山下さん所有の栗林《くりばやし》に、栗拾いに出かけたまま、今朝になっても帰らず警察に届け出た。警察では、地元の人々の協力を求めて、栗林の周辺を探したが見つからず、誘拐の線もあり得ると見て、捜査をすすめている。

両親の話によると、正子さんは、快活で学校の成績もよく、人に恨まれるようなところはなかったといい、行方不明になるようなことには、全く心当りはないということだった。なお、問題の林の前には、自動車のタイヤの跡があり、また、林の奥には、大きな穴を掘った跡が見つかった。この二つが、正子さんと関係があるかどうかについても、警察は、捜査をすすめている〉

記事は、これだけだった。あの娘は、一週間に一回、森口のプロダクションに、奇妙な脅迫状を送っていたことは、両親にも、友人にも、話していなかったらしい。それがわかったのは嬉《うれ》しかった。これでもう、目撃者はいなくなったのだ。あとは、来年になったら、冴子の死体だけを掘り出し、計画に従って、誰かに発見させればいいのである。

胸につかえていたものが、急に下りた感じで、森口は、会社に出ても、機嫌がよかった。

不思議なもので、ここ二週間ばかり上手《うま》くいかなかった仕事の面まで、上手く回転するようになった。宣伝費をかけたわりには、伸びなやんでいたA子に、急に、テレビ出演の話が持ち込まれたり、森口プロが全面的に協力して作ったショー番組が人気が出て、続演が決まったりした。

森口は、ご機嫌だった。彼は、ポケットマネーから、二十万円でダイヤの指輪を買い由美子にプレゼントした。

「まあ、いってみれば、結婚の約束のようなものさ」と、森口は、ベッドの中で、由美子の身体を抱き寄せながらいった。

「勿論《もちろん》、来年になったら、もっと立派なエンゲージリングを贈るからね。だから、つまらんことは、考えないでくれよ」

「つまらないことって？」

由美子は、指にはめた指輪を、かざすように見ながらいった。

「他《ほか》のプロダクションへ、移ろうなんてことは考えるなってことだよ。いいか、君は、森口プロと契約書を交わしているんだ。僕の承諾なしには、他のプロダクションへ移ることはできないんだ」

「だから、しばらくの間は、この指輪で我慢しろというわけね」

「あと、たった二か月だ。来年になれば、大っぴらに君とつき合えるし、車も買ってやれる」

「ふーん」

「まさか、男ができたんじゃあるまいな？」

と、森口がきくと、由美子は、あいまいに笑って、

「社長さん。一昨日《おととい》は、どこへ行ったの？」

と、きいた。

「一昨日は、風邪をひいたんで、家で寝ていたさ」

「嘘《うそ》よ。二度ばかり電話したんだけど、二度ともいなかったわ。法師温泉へ行ったんじゃないの？」

いきなり、由美子にいわれて、森口は、ぎょっとなった。

「なぜ、そんなことをいうんだ？」

「別に深い意味はないけど、奥さんの死体を、法師温泉の近くに埋めたんでしょう。あたしだったら、どうなったか、心配になって、見に行くわ。だから、社長さんも、ふっと見に行ったんだろうと思ったのよ。違うの？」

「違うね」

「そう。それならいいんだけど」

由美子は、それっきり、死体のことには触れず、黙って、指輪を見つめている。

森口は、彼女の態度が、何となく気になったが、彼女の若い身体を引き寄せると、すぐ、そのしなやかで、しまりのいい肉体に溺《おぼ》れていった。

森口は、何人もの女を知っている。何百人斬《ぎ》りなどという趣味はないが、小うるさい冴子と一緒になってからでも、親しくなった女は何人かいた。だが、由美子だけは、特別だった。わがままで、でたらめな女なのだが、それにもかかわらず、男の心を惹《ひ》きつけるものを持っていた。これといって説明できない魅力を、由美子は持っているのだ。だからこそ、妻の冴子を殺してまで、一緒になろうという気になったのだ。

「お前は、おれのものだ」

と、森口は、由美子の身体を抱きながら、何回となく繰り返した言葉を、この日も、彼女の耳元でささやいていた。

9

また一週間たった。

水曜日になると、もう大丈夫だと思いながらも、やはり、何か不安だった。これまでに受け取った三通の脅迫状は、全《すべ》て、水曜日に届いていたからである。

社長室にいても、落ち着けなかった。早く、今日一日が過ぎてくれと思った。何ごともなく今日一日が終ったら、完全に安心していいのだ。

午前十一時に、秘書が、午前中に届いた手紙類を持ってくる。森口は、こわばった眼で、一つ一つ見ていったが、あの特徴のある筆跡の封筒は、入ってなかった。

森口は、ほっとして、煙草《たばこ》に火をつけた。やはり、山下正子という若い娘が、手紙の主だったのだ。彼女を殺して埋めてしまった今、何も怖がることはない。

午後四時になると、秘書が、午後に届いた手紙を持ってきた。森口は、煙草をくわえたまま、パラパラと見ていったが、突然、その顔が、凍りついてしまった。

あの手紙だ。

白い、どこにでもある封筒の表に、間違いなく、前の三通と同じ筆跡で、〈森口冴子様〉と書いてあった。

渋川郵便局の消印。差出人の住所も氏名もない。全く、前と同じなのだ。

森口は、呆然《ぼうぜん》として、しばらくの間、封筒の文字を眺めていた。五、六分してから、ふるえる手で、封を開いた。そのまま、灰皿の上で燃やしてしまいたかったが、中身を見なければ、不安が倍加するのは、眼に見えていたからだった。

中身は、例によって、便箋《びんせん》が一枚だった。そして、平がなばかりの文章。

〈もうがまんができません。あなたが、あまりにも、かわいそうです。なみだがでて、しかたがありません。はんにんのごしゅじんが、へいきなかおをして、ほかのおんなのひとをからかったりしているのは、どうしても、ゆるせません。けいさつに、あなたがころされたことを、はなそうとおもいます〉

森口の顔は、まっ青だった。手紙の主は、あの栗《くり》拾いの娘ではなかったのだ。いくら見直しても、手紙の消印は、昨日になっている。山下正子という娘が死んだあとである。

森口は、じっと考え込んでしまった。無駄に人間を、一人殺してしまったのだ。その悔いが、彼を打ちのめしている。生れついての殺し屋ではない森口には、殺さなくてもいい人間を殺してしまったという後悔は、深く心に突き刺ってくる。

(冷静に考えてみれば、あの娘が、手紙の主である筈《はず》がなかったのだ)

と、森口は、思った。

農家の娘で、いかにも、素朴な感じだった。もし、彼女が、森口が冴子を殺すところなり、埋めるところなりを目撃したのなら、あんな面倒くさい脅迫の仕方はしないだろう。すぐ、警察に知らせたに違いない。

現場の地形から考えて、目撃者はいなかったと考えたほうがいいのだと、森口は、自分にいい聞かせた。目撃者は、誰もいなかった。もし、一人でもいたとすれば、その人間は、警察に話している筈だし、とっくに、雑木林の死体は、掘り起こされていただろう。

森口は、改めて、手の中にある匿名の手紙を読み直し、すでに焼き捨ててしまった三通の手紙の文面を思い出した。

彼を、不安と焦燥に落とし込んだ手紙だったから、全部、宙《そら》で覚えていた。

最初の手紙で、相手は、森口が、妻を殺したのを知っていると書いてきた。妙な手紙だった。

封筒の筆跡と、中身の便箋《びんせん》の文字とは、明らかに違っていたし、便箋の文字は、全部、平がなだった。

他《ほか》にも、奇妙なところは、いくつかあった。森口は、それを、一つ一つ、思い出して、整理してみた。それによって、手紙の主の輪郭が、浮かび上がってくるかも知れないと思ったからである。

第一は、手紙の宛先《あてさき》だ。相手は、死んだ妻の冴子宛の手紙の形にしている。これは、なぜなのだろうか？

第二は、平がなになっている理由だ。

第三は、脅迫状と思えるのに、金をよこせといった文字が一つもない理由は何かということだった。

第四は、第三の疑問に関連してくるのだが、手紙の主の狙《ねら》いは、いったい、どこにあるのかということだった。森口は、脅迫状と受け取ったが、今のところ、金は要求されていない。警察に知らせるようなことを書いているが、今までのところ、それを実行する気配はない。相手の意図がわからないのだ。

森口は、煙草をくわえ、自分が導き出した疑問に、自分で答を見つけ出そうとした。

第一の宛名だ。殺されたのは森口冴子とわかったが、殺したのが誰かわからないので、とりあえず、死者宛の手紙にしたのだろうか？

いや、違う。なぜなら、相手は、第三の手紙で、「殺したのは、ご主人――」と書いているからだ。森口が殺したとわかったのに、相手は、いぜんとして、死んだ森口冴子の名前を書いている。とすれば、相手は、死者宛に手紙を書くことによって、何かのメリットを狙っているのだ。そのメリットとは、いったい何だろう？

（おれを、怯《おび》えさせるのが目的だったのではないのか？）

それなら、上手《うま》いやり方だ。死者宛の手紙で、あんな内容なら、脅しには、絶好だ。事実、森口は、十分、脅かされた。

第二の平がなは、明らかに、筆跡をかくすために違いない。下手くそな字に見えるが、多分、左手で書いたのだろう。封筒の宛名は、誰かに書かせたのかも知れない。相手は、用心深いのだ。

（だが――）

相手は、なぜ、筆跡をかくす必要があったのだろうか。

相手は、今のところ、明らさまに脅迫しているわけではないのだから、警察にわかっても、困るのは、森口だけの筈《はず》である。それなのに、なぜ、相手は、平がなばかりの手紙で、筆跡をかくそうとするのだろうか？

答は一つしかないように思えた。つまり、手紙の主は、森口の身近にいる人間なのだ。それを知られたくないからこそ、筆跡をかくそうとしているのではないのか。

第三、第四の疑問の答は、難しい。金が目当てなら、最初から要求しているだろう。

手紙の主は、ただ、ひたすら脅すだけだ。となると、相手の目的は、森口に対する脅しということになる。それも、非常に計画的な脅しだ。最初の手紙では、冴子が、殺されたのを知っているが、犯人はわからないらしく書き、次の手紙では、警察のことを書き、三通目では、森口が犯人だとわかったと書く。少しずつ、じわじわと、森口を、心理的に追い込もうとしているのだ。

犯人のその狙《ねら》いは、半ば、成功したといっていいだろう。森口は、怯え、仕事も手につかなくなり、何も知らない農家の娘を殺してしまったのだから。

誰が、こんな真似《まね》をするのだろうか？

殺した冴子には、身寄りはない。両親は早く死んでいるし、兄弟姉妹は、もともとなかった。と考えてくると、いつでも、頭に浮かんでくる人間は、一人しかいなかった。

由美子だ。

10

由美子なら、筆跡をかくそうとする筈だ。それに、森口が妻の冴子を殺したのを知っている唯一の人間でもある。

そういえば、相手は、一通目の手紙に、「――山奥で殺されて、埋められてしまったのを知っています」と書いている。「見た」とは書いていないのだ。森口は、由美子に、冴子を殺して埋めたと話したが、彼女は見てはいない。だから、つい、そのことが、手紙の文面に出てしまったに違いない。

由美子は、冴子の後がまに坐《すわ》りたがっていた。その気持が続いていたら、こんな脅迫はしないだろう。来年になれば、結婚すると、森口がいっているのだから。

由美子は、気が変ったのだ。とんとん拍子に名前が売れてきて、ひとりでも十分にやっていけると考え出したのかも知れない。男ができたことだって、十分に考えられる。新しい二枚目タイプとして目下売り出し中の岡本英太郎との仲も、森口は、いろいろと聞いている。中年の森口よりも、あのニヤけた若者のほうがよくなったのか。

他《ほか》のプロダクションに移りたがっている様子もある。岡本英太郎の所属するプロダクションが、現実に、由美子に食指を動かしているのを、森口は知っている。

そういうことが、いろいろと重なって、由美子は、森口が邪魔になってきたのではないだろうか？

他のプロダクションに移りたくても、森口が承知しなければ、簡単には移ることができない。といって、妻殺しで、森口を警察に密告したら、彼女自身も、共犯者として逮捕される恐れがある。現実に、冴子が殺されたとき、現場近くの猿ケ京温泉に、森口と泊まっているのだから、いい逃れはできない。

（それで、あいつは、考えたのだ）

森口を、精神的に参らせるのが、一番だと考え、あんな奇妙な脅迫をはじめたに違いない。

森口が、追いつめられた気持になり、錯乱から自殺でもしたら、由美子は、大喜びするところだったのではあるまいか。

手紙の主が、由美子だと考えられる理由は、他にもあった。

手紙が、必ず、毎週水曜日に届くことだ。

由美子は、今、あるテレビ局のショー番組にホステスで出演している。もちろん、生番組で、毎週月曜日の午後だ。彼女が、もし、その番組の待ち時間に、あの手紙を書いたとすれば、翌火曜日の投函で、水曜日に届くという理由がわかるからである。

渋川の消印があったのは、誰かに頼んで、群馬まで、投函して貰《もら》いに行っていたのだろう。

その夜、森口は、ジャックナイフをふところに、由美子のマンションに出かけた。

部屋の鍵《かぎ》は、彼女と一つずつ持っている。由美子は、まだ帰宅していなかった。森口は、鍵を使い、部屋に入った。

居間の明りをつけ、ソファに腰を下ろした。由美子に裏切られたことへの怒りに、胸の中が煮えくり返るようなのに、まだ、どこかに、彼女に対する未練が残っていた。

心のいらだちと不安から逃げようと、テレビのスイッチを入れた。とたんに、いきなり、ブラウン管一杯に、由美子の笑顔が映し出された。

彼女は、歌っている。決して上手《うま》い歌い方ではないが、妙に肉感的な声が受けるのだろう。

（おれには、殺せそうもない）

と、思ったとき、彼女の手元が映った。フィンガーアクションが入るので、カメラが、手元を映したのだろうが、森口の眼が引きつけられたのは、彼女の左手の指だった。

そこには、森口が、先日買い与えた二十万円のダイヤの指輪がなければならなかった。もし、彼女の薬指に、あの指輪が光っていたら、殺すことは、思いとどまったかも知れない。

だが、森口の眼に入ったのは、全く別な、彼が見たことのない指輪だった。大きなエメラルドが、彼女の薬指に光っている。プロダクションが、今、彼女に払っている給料で買えるような品物ではない。

明らかに、誰かの贈り物だ。岡本英太郎か、それとも、他のプロダクションからの贈り物だ。森口から見れば、それは、裏切りの証《あかし》でしかない。

（畜生！）

と、歯がみをしたとき、ドアが開いて、甘い香水の匂《にお》いと一緒に、由美子が帰ってきた。

森口は、無言で、ジャックナイフを閃《ひら》めかせ、彼女に襲いかかった。

由美子が、金切り声をあげて、廊下に飛び出した。それを追いかけて行って、背中を刺した。

「うわっ」

と、由美子が、唸《うな》り声をあげた。血が飛び散った。廊下の端にいた中年の女が、悲鳴をあげて、階段を駈《か》けおりて行った。

血を流しながら、由美子は、逃げ回った。

森口は、眼がくらんでしまっていた。追いすがっては、手にしたナイフで、由美子を突き刺した。そのたびに、血がほとばしり、森口の身体も、たちまち、返り血でまっ赤に染まった。

やがて、由美子は、コンクリートの廊下に倒れたまま、動かなくなった。血だけが、流れ続けている。

森口は、ぼんやりした眼で、自分の足元に倒れている由美子を見おろし、「これで、もう、手紙で脅かされることはないのだ」と、呟《つぶや》いていた。

近くの派出所から、知らせを受けた警官が駈《か》けつけたとき、森口は、まだ、死体の傍《そば》にぼんやりと突っ立っていた。

11

翌日、森口プロダクションに、〈森口冴子様〉と書かれた分厚い封筒が届いた。

社長の森口も、副社長の冴子もいないプロダクションでは、仕方なく、秘書が、その手紙の封を切って、中身を読んだ。

〈私は、群馬県渋川市に住む四十歳の主婦でございます。私には、十六歳になる一人娘がおりますが、十歳のときに熱病にかかり、それ以来、知能の発育が止まってしまいました。身体も丈夫でありませんので、外で遊ぶということもなく、テレビを見るのが唯一の楽しみといった毎日でございます。私の家では、地元の群馬テレビをよく見るのですが、先月から、毎週月曜日の午後八時から一時間、あなた様が四年前、Sテレビで主演されたサスペンスドラマの再放送をやっております。

あなた様の扮《ふん》する社長夫人が、夫に殺されて山に埋められる。それを、瓜《うり》二つの顔の妹が、姉の失踪《しっそう》に疑問を抱き、真相を突きとめていくといった筋のようでございますが、まだ、途中までしか、展開しておりません。

娘の里美《さとみ》は、このドラマを見はじめてから、あなた様の熱烈なファンになりました。そして、月曜日にドラマを見終ると、すぐ、あなた様へのファンレターを書き、これを、出してきてくれと申すのです。それで、私は、毎週火曜日に、封筒の宛名《あてな》だけを書き、投函して参りました。

どんな内容のファンレターかと気にはなりましたものの、里美は、絶対に読んではいやだと申しますので、私は、読まずに投函しておりました。

こちらの住所や名前を書かなかったのは、娘は、平がなしか書けませんので、読みにくい手紙を読んで頂いた上、ご返事まで頂くのは、申しわけないと思ったからでございます。こちらの名前を書きますと、ご返事を催促しているようにも、思われたこともございます。

それに、娘自身も、あなた様に手紙を出すだけで満足している様子で、返事を欲しがっている気配は、ございませんでした。昨日も、娘にせがまれるままに、あなた様への四通目のファンレターを投函致しました。ところが、今朝になって、娘が、警察へ手紙を出すと申すのでございます。驚いて、娘の書いたものを読んで、私は、びっくりしてしまいました。あなた様が、ご主人に殺されて、山へ埋められたから、すぐ、ご主人を捕えてくれと、書いてあったのでございます。

娘の里美には、テレビのドラマと現実とを混同するような癖があったものの、あのドラマまで、そうだったとは、気がつきませんでした。警察への手紙は、勿論《もちろん》、出しはしませんでしたが、今まで、内容を読まずに、あなた様にお出しした四通の手紙のことが、急に心配になって参りました。ひょっとすると、娘は、ドラマと現実を混同し、あなた様の気分を害するようなことを書いていたのかも知れません。

もし、そうでしたら、あなた様のご主人様にも申しわけなく、なんとお詫《わ》び致して
よろしいかわかりません。知恵おくれの娘の書いたもの故、お許し頂きたく、お願
い申しあげます。お詫びにといっては、失礼かとも存知ましたが、当地名物の菓子
をお送りしましたので、ご賞味下さいませ。

山本　時子

森口冴子様〉

アカベ・伝説の島

1

雨あがりのネオンの下で、一人の老婆が、通行人にビラを配っていた。受け取った通行人の方は、碌《ろく》に見もしないで、濡れた舗道に捨ててしまう。盛り場では、毎日のように繰り返されている光景で、珍しくもないことだが、その時に限って、私は、小柄な老婆の姿が気になった。まっ黒に陽焼けした顔のせいというより、彼女の異様な恰好のせいだったと思う。白と黒の荒い格子縞《じま》の着物に、紺色のもんぺをはき、足にはワラジをつけていた。そして、ひっつめにした髪には真っ赤な花をさしている。華麗な大きな花だった。近づくと、強烈な匂いがした。私には、何という花かわからなかったが、足をとめて眺めていると、南の島に降り注ぐ太陽と、コバルトブルーの海を吹き渡ってくる青く染まった風を連想させた。といっても、私は、映画や写真でしか、南の島を知りはしなかったのだが。

老婆は、私にもビラを手渡した。私は、立ち止ったままビラに眼を通した。例によって、バーかキャバレーの宣伝だろうと思ったのだが、そのどちらでもなかった。ビラには、下手な筆でたった一行こう書いてあった。

アカベの島においで下さりませ

（アカベ――）

と、私は口の中で呟いた。その意味不明の言葉は、奇妙に私を惹《ひ》きつけるひびきを持っていた。アカベの島というのは一体どこにあるのだろうか。それが知りたくなり、老婆に聞こうとして顔を上げると、彼女の姿は、忽然《こつぜん》と消え失《う》せてしまっていた。私は、呆然として、老婆が立っていたあたりを眺めた。一瞬、老婆も赤い花も、私の幻覚だったのではあるまいかと思った。が、幻覚の筈はなかった。私の手の中には、ビラがあったし、同じビラが、地面に散乱していたからである。それに、花の甘い香りも、まだほのかに残っていた。恐らく、私がビラの文字を読んでいる間に、老婆は場所を移動したのだろう。理屈ではそう思っても、私は、老婆が消えたとしか思えなかった。

アカベ――と、私はもう一度口の中で呟いた。その言葉は、相変らず私の心を惹きつけた。私は、近くの本屋に飛び込むと、一番奥の棚に並んでいる百科辞典で、「アカベ」を調べてみた。「アカベ」というのはなかったが、「アカベ伝説」というのはあった。

アカベ伝説――今から五百年ほど前、神根島に一人の美少女が漂着した。白い肌と赤い髪をしたその少女はアカベと名乗った。島の若者二人が、彼女の愛を争って決闘し、死んだ。アカベも、悲しみのあまり崖《がけ》より身を投げて死ぬ。神根島にだけ咲く真紅の花は、アカベの化身と伝えられている。

読み終って、百科辞典を棚に戻したとき、私は、無性に神根という南の島を見たくなった。

2

私は、会社に一週間の休暇願を出して、船に乗った。一週間にしたのは、神根島には週に一便しか船が出ていなかったからである。

千二百トンのＳ丸が竹芝桟橋を出港したときは、二百人近い船客がいたのだが、伊豆七島に寄港する間に、次々に下りていき、最後には私一人になってしまった。

「神根に何しに行かれるんですか？　見るところもないし、地形が嶮《けわ》しいから、釣りにも向きませんよ」

と、船員の一人が、不思議そうに私にきいた。私はどう答えてよいかわからず、あいまいに笑って見せた。あの老婆を見なかったら、私は船に乗らなかったろう。アカべという魅力的な言葉に出合わなかったら、神根島に行く気にはならなかったと思う。

それは、はっきりしているのだが、神根島に、一体何を求めて行くのか自分にもよくわかってはいなかった。

S丸は、南に向って走り続けた。褐色の海だけがどこまでも続き、海を見ることにげんなりしかけた頃、突然、眼の前に小さな島影が現われた。そんなところに島がある筈がないのに、何故《なぜ》かあったという感じであった。船はスピードを落とし、船内マイクが、私一人のために、神根島に着いたと教えてくれた。

私はデッキから眼を凝らした。東京は秋雨で寒かったが、ここは、強い陽光が降り注いでいる。島は低い円錐形《えんすいけい》で、緑に蔽われていた。正面に小さな浜が見え、数隻の漁船が並んでいるのが見えた。私は何よりも先に、老婆が髪にさしていた赤い花の群落を見たかったが、残念ながら船のデッキからは見えなかった。

S丸が百メートルほど沖に錨《いかり》を下し、合図の汽笛を鳴らすと、黄色く塗られた艀《はしけ》が、甲高い焼玉エンジンの音をひびかせて近づいてきた。海面は、小さな三角波しかたっていなかったが、それでも艀は激しく上下にゆれている。舵《かじ》を握っている漁師の半裸の身体に、波しぶきがかかるのが、見ていて爽快《そうかい》な感じであった。艀は、私を迎えに来てくれたというより、荷物を取りに来たといった方がいいかも知れない。その証拠に、艀がS丸に横付けになると、まず米や野菜といった生活必需品が積み下ろされ、それがすんでからやっと私の番になった。

底の平たい艀は、波が打ち寄せるたびに、シーソーのように大きく上下に動く。私が、なかなか飛び移れずにまごまごしていると、艀の漁師は、白い歯を見せてニヤッと笑い、逞《たくま》しい腕を伸ばして、いきなり私の手をつかむと、ぐいッと引っ張った。私の五十キロ足らずの痩《や》せた身体は、ひょいと宙に浮いて、軽々と艀に移ってしまった。

艀はすぐS丸を離れた。大きな弧を描くようにして島に近づいて行く。スピードをあげると、猛烈なピッチングを始めた。舳先《へさき》が突込む度に、波しぶきが雨のように降りかかってくる。S丸のデッキで眺めているときは爽快だったが、いざ自分が艀でゆられてみると、正直にいって少し怖くなった。しゃがんで、船べりにしがみつくようにしていると、漁師が、岩に向って、「お客さんだぞオ」と、しゃがれ声で怒鳴った。

浜には、小さな船着き場があり、十人ばかりの島民が、ひとかたまりになって艀を待ち受けていた。殆《ほとん》どが中年の女だった。あの老婆のように、荒い格子縞の着物に、紺のもんぺをはいていたが、ワラジの代りに長靴をはき、赤い花はさしていなかった。

背後で、S丸が、ぼうーッと汽笛を鳴らした。振り向くと、ゆっくりと動き始めるところだった。これで、私は、否応なしに、神根島で一週間過ごさなければならなくなった。果して、この島で歓迎されるかどうか、まだわからない。私をここに惹《ひ》きつけたものが、本当にあるかどうかも。

3

私は歓迎された。少くとも、船着場では島民たちの笑顔に囲まれた。女たちは、忙しく立ち働きながら、この島には旅館はないが、昔からどの家でも客を泊めてもてなす習慣があること、東京の方なら、島の診療所の先生の所に泊るのが一番いいといったことを、手ぶりを混えて教えてくれた。

私は、彼女たちに教えられた道を歩き出した。かなり急な登り坂である。十メートルばかり進んだとき、背後で、けたたましい女たちの笑い声が起きた。私はぎょッとして立ち止ってしまったが、何故、ぎょッとしたのか自分でもわからなかった。都会で、日頃冷笑的な笑いにばかり接している私には、彼女たちの笑い声が健康すぎ、明るすぎたせいかも知れない。

私は、ひとりで苦笑して、また歩き出した。陽差しが強く、すぐ身体が汗ばんでくる。九月下旬だというのに、ここでは、まだ夏が居すわっている感じだった。

ポクポクと音をたてそうな乾いた道の両側には、緑の樹々が生い茂っているのだが、吹きつける強い風のせいだろう、幹も枝も一様に一つの方向にねじ曲っているうえ、背も低く、陽陰を作らない。時々、立ち止って汗を拭《ふ》き、あの赤い花を探したが、いぜんとして見つからなかった。

登りきったところで、道は二つに分れていた。そこからは、島全体を見渡すことが出来た。船のデッキから眺めたときは、盆栽のように可愛らしい島に見えたのだが、こうして上から見下ろすと、海岸線は屈折が多く荒々しい。

今、私が立っている島の中央部には、家が一軒もなく、三叉《みつまた》に分れた道のそれぞれの端に、ひとかたまりに集っているのは、災害を最小限に喰《く》い止めようという島民の知慧《ちえ》かも知れない。逆に考えれば、それだけ、厳しい生活条件の下に置かれているのだろう。

クワを持った老婆が通りかかったので、診療所は近いのかときくと、老婆は、クワの先で右側の道をさして、「もうちっと先にあるだあに」と、教えてくれた。私は、礼をいって歩き出したが、老婆が何故、クワを持っているのかわからなかった。畠《はたけ》らしいものは、何処《どこ》にも見当らなかったからである。どうでもいいことだったが、何となく気になって振り向くと、老婆は、クワを担いで林の中に入って行くところだった。あの林の中に、畠でもあるのだろうか、と考えてから、詰らないことを気にすると、自分でもおかしくなり、ひとりで苦笑してしまった。

神根島診療所は、赤いトタン屋根の、この島ではモダンな建物だった。中をのぞくと、アンダーシャツにステテコという恰好の若い男が、扇風機の風を胸に当てていた。この行儀の悪い男が、中本というこの島でただ一人の医者であった。

私が、東京から来たというと、中本医師は、

「今どきのお客は珍しいですよ」

といい、扇風機を私の方に向けてくれてから、

「何か目的があっていらっしゃったんですか？」

と、きいた。私は、東京の盛り場で会った老婆のことを話そうかと思ったが、赤い花に惹かれて来たというのも、何となく妙な気がして、

「この島には、アカベ伝説というのがあるそうですね？」

と、きき返すようないい方をした。「ええ」と、中本医師は肯《うなず》いてから、

「アカベの墓というのが、この裏の神社《やしろ》にあります。ご覧になるなら、案内します

よ」

「しかし、お忙しいでしょう？」

「なに、構うもんですか」

中本医師は、笑って立ち上がり、さっさと先に診療所を出た。かえって、私の方が心配になって、

「急患が出たらどうするんです？」

と、きくと、中本医師は肩をすくめた。

「この狭い島ですよ。何処にいてもすぐ見つかってしまう。逃げようがないんですよ」

中本医師のその言葉を証明するように、電柱に取りつけられたスピーカーが、ふいにチャイムを鳴らし、米と野菜が到着したから取りに来て下さいと告げた。

「ご覧のとおり、スピーカー一つで、島の隅まで聞こえてしまうんです」

と、中本医師が苦笑した。便利でいいというようにも聞こえたし、監視されているようでかなわないというようにも受け取れた。

「先生はこの島の生れですか？」

「いや。一年前に東京から来たんです。最初は、無医村を救いたいという使命感でやって来たんですが――」

中本医師は、語尾を濁してしまった。

複雑な感情があるのだろう。私はそう考えて、話をアカベ伝説に戻した。

「アカベが化身した赤い花というのは、何処に咲いているんですか？　ここに来るまで、一つも見当りませんでしたが」

「あの花は、アカベの墓のまわりに咲いていますよ。咲いているのはそこだけです」

細い急な道を登りつめたところに、神社《やしろ》があった。小さな島にしては、大きく立派な神社だった。白い砂を敷きつめた境内に足を踏み入れると、急に眼の前が真っ赤に燃えあがったような気がした。あの赤い花のせいだった。眼の前が、あの真紅の花で一杯なのだ。素晴しい群落だった。甘い香りが充満し、私は、その強烈な香りにむせてしまった。

私は嬉しくなり、手を伸ばして花をつもうとすると、中本医師が、あわてて私の手を押えた。

「アカベの花をとるのは、この島ではタブーになっているのですよ。アカベの祟《たた》りがあるというのです」

「祟りですか？」

　私は、思わず笑ってしまった。古色蒼然《そうぜん》たる言葉だったし、それを医師が口にしたことで、二重におかしく思えたのだ。中本医師も、釣られたように苦笑してから、

「島の人たちは信じていますよ。十年前に、島の子供たちが、この花をつみ取って首飾りにして遊んだことがあるそうです。次の日、漁に出た漁師たちが、強風にあって全員死んでしまったというのですよ」

「本当の話ですか？」

「遭難は本当です。そのときの死者が四十六人。ここの人口が三百人ちょっとですから、七分の一が死んだわけです。慰霊碑もありますよ」

「島の人は、それをアカベの祟りだというわけですか？」

「そうです。ところで、今日は二十四日でしたね？」

「ええ。九月二十四日です」

「それなら、今夜、ここで島民たちの集会がありますよ。遭難事故があったのは八月二十四日ですが、毎月二十四日に、島民たちは、死んだ四十六人の霊を弔うんです」

私は、中本医師の話を聞きながら、東京で見た老婆のことを思い出していた。あの老婆は、アカベの花を髪にさしていた。造花とは思えない。中本医師のいうとおり、アカベの花をつみ取るのがタブーだとしたら、彼女は、どうして花を髪にさしていたのだろうか。

4

アカベの墓は、意外なほど小さかった。異国風の墓だが、墓石には何の文字も刻まれてはいなかった。ただ、墓の周囲は、きれいに掃除が行き届いていた。

陽がようやく傾いて、風が冷たくなった。

「うちへ案内しましょう。家内に紹介しますよ」

と、中本医師がいった。

「奥さんがいらっしゃるんですか？」

「いますよ。そう見えませんか？」

中本医師は、頭に手をやって笑った。そう見えないことを、自覚しているような笑い方だった。私は、ふと、この若い医師が東京にいたらどうだろうかと思った。少くとも、アンダーシャツにステテコという恰好で歩き廻ったりはしないだろう。

中本医師の私宅は、大きくはないが、診療所と同じように、周囲の民家に比べて、モダンで新しい建物で、中本夫妻に対する島民の配慮がうかがえるような気がした。

夫人は、若く美しい人だった。が、紹介されたとき、私は意外な気がした。彼女が、ドレッシイな服装をしていたからである。別に私のために盛装したわけではなさそうだった。正直にいわせて貰えば、夫人の服装は、重すぎる感じで、島の生活にふさわしくないような気がした。それに、中本医師のラフな恰好とは対照的すぎる。まるで一生懸命に、この島の空気に染まるまいと片意地を張っているように見えた。それは夕食にも現われていて、パンと肉とスープといった都会的な料理がテーブルに並べられた。

夕食のあと、中本医師が急患で出かけると、それまで殆ど口をきかなかった夫人が、急に私に話しかけてきた。今まで話すことを禁じられていた人間が、急にそれを許されたというような性急な喋り方であった。

「私、この島が、嫌で堪らないんです」

と、夫人は、咳込《せきこ》む調子でいった。私は、相槌《あいづち》の打ちようがなくて黙っていた。窓から差し込む夕陽が、夫人の顔を朱《あか》く染めている。初対面の私に、夫人が何故こんなことを話すのかわからなかった。

「この島には、何にもないんです。娯楽も都会の匂いも会話も何にも。退屈で退屈で、死んでしまいそう――」

「しかし、景色は素晴しいじゃありませんか」

私は、窓の外に眼をやっていった。家が崖の上に建てられているため、素晴しい景観を楽しめる。夕陽が燃えながら水平線に沈もうとしていた。さえぎるものが何もない落日を見るのは何年ぶりだろう。空も海もまっ赤に染まっている。

「景色が何になるでしょう」

夫人が、乾いた声でいった。

「それに、これから冬になれば、毎日のように海が荒れて、この家をゆすぶるほど強い風が吹き続けるんです」

「そんなに荒れるんですか？」

「船も来なくなって、完全な孤島になってしまうんです。ただ、じっと家に閉じ籠《こも》って、ひたすら風が弱まるのを待つんです。そんなときの怖さやいらだたしさが、貴方におわかりになるでしょうか。ここに来てまだ一年しかたたないのに、五つも六つも年をとってしまったような気がするんです」

「でも、観光客は来るでしょう?」

「夏にはね。そんなときは、ここに泊って頂けるので、少しは気がまぎれます。でも、これからは駄目。恐らく貴方が、今年最後のお客に違いありませんわ」

「しかし、そうなれば、かえってご主人と水入らずの生活ができるんじゃありませんか?」

「昔の主人とでしたら、それも楽しかったでしょうけど」

「――――」

「主人をご覧になったでしょう。あんなだらしのない恰好をして。東京にいる時は、あんなじゃありませんでした。服装のセンスだってよかったし、将来を嘱望されていたんです。私は、恰好のことだけをいってるんじゃないんです。主人は、ここにいたら駄目になってしまいます。碌に勉強もできないし、毎日、漁師やおかみさん連中ばかりを相手にしていたら、精神までラフになってしまいます。もう、そうなりかけているんです。主人だって、それに気がついている筈なんです」

「それなら、ご主人は何故、この島から逃げ出さないんです？」

「主人には出来ないんです。四年間の約束がありますし、変な使命感に自分で縛られているんです」

「――――」

「それに、あたしは、島の人たちが怖いんです」

「怖い？」

「ええ。本当に怖いんです。変な迷信を本気で信じているし、一体何を考えてるのかわからなくて――」

私は、船着場で会った女たちや、クワを持っていた老婆の顔を思い出した。彼女たちが、明るすぎ、健康すぎる気はしても、怖いという感じはしなかった。だが、夫人の顔は、本当に蒼ざめていた。私には夫人が何故そんなに島民を怖がるのかわからなかった。

私には、端の四畳半の部屋が与えられた。電気の供給は八時までで、夫人がランプを持って来てくれたが、私は、月明りに誘われて家の外に出た。

月が明るかった。私は、今夜島民が神社《やしろ》に集るという中本医師の言葉を思い出して、足を神社に向けた。

神社に近づくと、境内で篝火《かがりび》が焚《た》かれているのが見えた。人の気配もする。足音を殺して近づくと、多数の島民が境内を埋めていた。

篝火の傍には、白装束の老婆が立っていた。島民たちは、彼女を囲む恰好で、白砂の上に腰を下している。時々、海から強い風が吹き上げ、その度に、篝火がごおッと激しい音を立てて、火の粉を撒《ま》き散らした。

私は、白装束の老婆は、恐らく巫女《みこ》なのだろうと思った。だが、これからどんなことが行われるのか見当がつかなかった。巫女がどんな役目をするのかも、私は知らなかった。

最初、咳払い一つ聞こえず、境内は異様な静けさに包まれていたが、そのうちに、低く呻《うめ》くような声が、私の耳に聞こえてきた。最初、私は、むせび泣く声かと思ったが、そうではなかった。巫女が、手にした小枝を、一本ずつ篝火に投げ入れながら、一つの物語を、島民たちに唄《うた》って聞かせているのだった。

〽思い起こせど身の毛もよだつ
涙のたねのあの思い出よ
時は昭和の三十五年
八月下旬の夜おそく
突如起こりし強風が
沖に出ていし神根の漁師の
四十有余の命を奪う
今から思えばその前日に
アカベの花が手折られて
祟りがあるぞと震えしに
魚群来たるに誘われて
舟を出ししがあの恐しき
地獄図絵の始まりよ
太陽高きそのうちは
頬うつ風はそよそよと

波おだやかな釣り日和
されどいつしか夜が来て
どっと吹き来る南風に
怒濤《どとう》逆巻く神根沖
海は忽《たちま》ち阿鼻叫喚よ
妻や子供は海辺に走り
篝火《かがりび》焚いて声を限りに
父や夫やまた兄弟の
名をば呼べども答なく
情知らずの悪魔の海は
わが同胞《はらから》を呑《の》み込めり
ああ無残なりあの夜の
悲劇思えば涙が落ちる
念じますぞえ遺族の者は
四十有余の霊魂《みたま》よ早く

帰り来たまえ神根の島に
祈る心は一つになりて
われら集り今宵はここに
供養しますぞ霊魂《みたま》のために

人垣の一隅で、堪え切れなくなったように、「うッ」という嗚咽《おえつ》の声が起き、それは忽ち全体に広がっていった。やがて、島民たちは、巫女と一緒に唄い始めた。その声は、ある時は高くなり、ある時は低くなりして、延々と繰り返されていく。呻くようなその声は、唄うというよりも、呪《のろ》いの言葉を吐き出しているように聞こえた。

私は、次第に薄気味が悪くなってきた。私は後ずさりし、それから逃げるように坂を下りた。その背中に、泣くような呻くような唄声が、いつまでも追いかけてきた。

5

その夜、私は殆ど一睡も出来なかった。床についてからも、あの陰々滅々たる唄声が風にのって聞こえてきたからである。朝方になって、やっと浅い眠りについた。

起きると、相変らず晴れて暑そうだった。眠い眼をこすりながら、朝食のテーブルに着くと、夫人の姿が見えなかった。

「頭が痛いといって、寝ていましてね」

と、中本医師は、申しわけなさそうに私にいい、武骨な手つきで、お茶をついでくれた。

「あの唄のせいじゃないんですか？」

と、私がきくと、中本医師は、「ええ」と肯《うなず》いた。

「家内はあのクドキが嫌いでしてね」

「クドキ？」

「口説《くどき》です」

と、中本医師は、テーブルにその字を書いて見せた。

「昨夜のは、神根沖口説というんですが、この島には、沢山の口説があるのですよ。それだけ、悲惨な事件の多い島だということでしょうね」

「しかし、あの呻くような唄声は、聞いていると気持が悪くなりますよ」

私は、昨夜、神社《やしろ》へ行ったことを話した。

「そうですか」と、中本医師は肯いてから、

「あの巫女は、死者の霊を呼び戻す力を持っていると信じられているんです」

と、いった。中本医師の説明によると、口説のあと、巫女が、死んだ四十六人の霊を一人一人呼び戻し、死者の言葉を遺族に伝えるのだという。

「恐山《おそれざん》のイタコに似ていますが、根本的な違いがあります。向うが、半ば見世物化してしまっているのに、この島では、日常生活の中に生きているということです」

「しかし、先生は迷信だと思うでしょう？　巫女の力も、アカベの祟りも」

「ええ、ただ――」

と、中本医師は、急にあいまいな表情になって、

「ここに長くいたら、信じるようになってしまうかも知れませんね。そんな気がする時があるんです」

「医者の貴方が、何故です？」

「この島の生活は厳しい。それを一年間見てきたせいかも知れません。例の漁船の遭難事件もそうですが、一寸《ちょっと》したことで、この島は簡単に全滅してしまうのですよ。昭

和十二年に、ここでコレラが大流行したことがありましてね。医者もいなかったし、逃げ場もないから、バタバタと死んで、島民の半分が亡くなったと文献に出ています。その時は、死体を埋葬する余裕がなくて、山の上に積み上げたそうです。今でも、山の上を掘ると白骨が出て来ますよ。その時の生き残り、というともう老人ですが、時々山へ行っては、白骨を掘り起こして、少しずつ葬っています」

「ああ」と私は思った。クワを持っていた老婆は、白骨を拾いに行ったのか。

「その事件の口説《くどき》もあるんですか？」

「ありますよ。毎月一日に、島民が神社に集って、巫女と一緒に、コレラ口説を唱えるんです」

中本医師は、眼を閉じると、コレラ口説の一節を低い声で唄った。

〽思い出すだにこの世の地獄
あのいまわしき業病が
島を襲いし十二年
ある日一人の旅人が

高熱出して倒れしが
その恐しき事態の起り

そこまで唄ってから、中本医師は、頭をかいて、「どうも」と、私にいった。

「貴方は、口説はお嫌いでしたね」

「ええ、まあ」

と、私は苦笑した。が、中本医師の唄い方が、昨夜の巫女や島民のそれにそっくりなのに驚いた。

「その時も、アカベの祟りだったんですか?」

「コレラが発生する前に、酔っ払った島民の一人が、アカベの墓を蹴倒《けたお》したそうです。巫女が語るコレラ口説には、そうなっています。それに、巫女がその島民の霊を呼び出すと、今でも、申しわけないことをした、許して下さいと泣き叫ぶそうです」

「悪いことは、何でもアカベの祟りというわけですか?」

「そうしなければ、やり切れないし、島の平和を保つ一番いい方法なのかも知れません」

「どういうことですか？　それは」

「さっきもいったように、この島では、一寸したことで、全滅の危険にさらされるのです。ここは何処にも逃げられませんからね。海が十日も荒れれば、船が来なくなって、忽ち食糧がなくなり、飢死の恐怖に怯えなければならない。冬になると、そんなことがしょっちゅうですよ。漁船の遭難だって、小さいのは年中です。僕が来てからも、もう三人が死んでいます。こんな辛い生活の連続だと、何かのせいにしなければ、やり切れないと思うんですよ。われわれだって、やたらに社会のせいにして安心している。それと同じかも知れない。もっとも、こんな風に考えるのは、僕の都会的な浅知慧というやつで、島の人たちは、本当に、心から信じているし、アカベの祟りがあると本当に思っていますが――」

　私は、黙って中本医師の顔を見ていた。この若い医者は、一年間のこの島での生活の間に、少しずつ、島民の意識に同化して来ているのではないのだろうか。彼の口調は、批判的ではなく、どちらかといえば、島民をかばうようなところがあったし、ほんの微《かす》かだが、羨望《せんぼう》のひびきさえ感じられた。

6

遅い朝食をすませてから、私と中本医師は、揃《そろ》って家を出た。

診療所までの間に、何人かの島民とすれ違ったが、彼等は一様に明るい笑顔を見せて、私を戸惑わせた。昨夜、篝火のまわりで、彼等は、悲しみと呪いの口説を唄い続けていた筈ではなかったのか。あの呻くような唄声も、嗚咽の声も、まだ私の耳に残っている。それなのに、中本医師や私に挨拶《あいさつ》する声には、微塵《みじん》の暗さもない。底抜けに明るく健康的なのだ。どちらが本当の彼等の姿なのだろうか。私は、当惑し、同時に反発を感じた。彼等は、アカベの祟りに恐れ戦《おのの》いているように見えながら、本当は、何もかもアカベにおっかぶせて、ケロリとしているのではないのか。

私は、中本医師の顔を見た。が、彼の陽焼けした顔には、当惑も反発の色もなかった。

診療所につくと、「ここに釣り道具がありますから、釣りにでも行かれたらどうです？」と、中本医師がすすめた。神根島は、断崖《だんがい》が多く、磯《いそ》釣りには不向きのところだが、診療所の先の崖を下りて行くと、海の中に温泉が湧《わ》き出ていて、その近くなら磯釣りが出来るという。

「温泉につかりながら釣糸を垂れるのも、風流なものですよ」

と、中本医師はいった。

私は、あまり気がすすまなかったが、道具を借りて出かけることにした。船が来るまでは、どうせ島から出られないのだし、昨夜から今朝にかけてのことで、アカベの花や墓を見て歩くのも嫌になっていた。そうかといって、中本夫人の愚痴を聞くのも気が重い。何とか時間を潰《つぶ》さなければならないとしたら、釣りでもするより仕方がなかった。

「地斧温泉」の立札に従って歩いて行くと、急な崖に出た。海に向って一直線に落ち込むような断崖である。下をのぞくと、軽いめまいを覚えるほどの高さだった。崖下には、白茶けた巨岩がごろごろして、それが自然の池を作っている。恐らくあれが温泉であろう。そこの水面だけが、赤茶けていた。鉄分の多い温泉らしい。

崖には、一か所斧《おの》で切りつけたような裂け目があり、そこがそのまま下へおりる道になっていた。「地斧」という名前は、大地に斧で切りつけたような地形からきているのだろう。

急で頼りない道だった。一歩一歩、足で踏みしめ、それだけでは危くて、裂け目に片手をついて、身体を支えるようにしておりなければならなかった。時々、足下から、小さな岩のかけらが崩れ落ちて、私をひやりとさせた。崩れやすい地質なのだ。私は、改めて、この島が、火山の噴火によって出来たことを思い出した。もう一度噴火が起きたら、この小さな島は、簡単に消滅してしまうかも知れない。

下には誰もいなかった。本当に誰もいないという感じだった。人間の匂いのしない自然というのは、何となく不気味なものだと知った。背後には切り立った崖があり、その上には島の人たちが住んでいる筈なのに、何故か人の気配が伝わって来なかった。崖を登って戻ってみると、島民も中本夫妻もかき消えてしまっていて、自分一人だけが取り残されているのではないか。ふと、そんな不安が、私を襲った。

（馬鹿な）

と、私は自分を叱りつけた。これでは、アカベの祟りまで信じかねなくなりそうだ。

私は、幻想を追い払うように、竿《さお》を振った。

（アカベの祟りなんかある筈がない）

東京の盛り場で会った老婆は、アカベの花を髪にさしていた。彼女は、アカベの花をつみ取って、それを島の宣伝に使ったのだ。もしアカベの祟りがあるのなら、もう何か起きていなければならない筈だ。

(何も起きてないじゃないか)

私は、振り向いて崖の上を見上げた。陽が眩《まぶ》しい。片手をかざすようにしたとき、その狭い視界の中に、何かがゆっくり落ちてくるのが見えた。それは、何かではなく人間だった。悲鳴は聞こえなかった。少くとも私の耳には聞こえなかった。その時、私に聞こえていたのは、海の音だけである。

7

死体を見るのは生れて初めてだった。小柄な老婆だった。岩と岩の間に落ちた死体は、頭が割れ、血漿《けっしょう》が流れ出ていた。死体そのものは怖くなかった。一寸吐き気がしただけだった。他の何かが怖かった。アカベの祟りを考えていた時の出来事だったことが怖かった。勿論、私は、アカベの祟りは信じない。だが怖かった。いや、怖くなりかけていた。

私は、這《は》うようにして崖をあがり、診療所に走った。島民にまず知らせようという気はなかった。彼等が何となく薄気味悪くなっていたからだ。

中本医師は、五歳ぐらいの男の子の診察をしていた。それがすむのを待って、私は、地斧温泉のことを話した。中本医師の顔が蒼ざめた。

「駐在に知らせましょう」

と、中本医師がいい、私たちは、駐在に寄って、初老の巡査に事件を知らせてから、三人で、地斧温泉に向った。

死体から流れ出た血は、強い陽差しのために、もう乾ききっていた。私たちが近づくと、船虫がさあっと散っていった。

「こりゃあ、松田の婆《ばあ》さまだ」

と、巡査は眼をむいた。中本医師は、死体をのぞき込み、脈をみたが、すぐ顔を上げて、

「どうやら、即死だったようですね」

と、私にとも、巡査にともなくいった。巡査は、手の甲で額の汗を拭《ぬぐ》ってから、

「落ちるところを見られたんですか？」

と、私にきいた。

「偶然眼を上げたら、落ちてくるのが見えたんです」

「その時、崖の上には、他に誰かいませんでしたか？」

「さあ。気がつきませんでしたね」

私は嘘をついた。あの瞬間、私は崖の上に何かを見た。それは不確かだが、人影だった。白っぽい人の姿だ。誰かが崖の上にいたのだ。

私が嘘をついたのは、詰らない事件に巻き込まれたくないという保身の意識もあった。が、それだけではない。島民に対する反発もあった。彼等はアカベの祟りを信じ、巫女の力を信じている。それなら、この老婆の死は、アカベの祟りだろうし、もし、どうして死んだかを知りたいのなら、巫女に、老婆の霊を呼び出して貰って聞けばいいのだ。

もう一つ、崖の上の人間のことがある。白っぽい人間に見えたのは、恐らく、白いドレスを着ていたのだ。神根島の人間は、男も女も、白い服は着ていない。この島で、白いドレスを着ている人間を、私は一人しか知らない。中本夫人だ。昨日初めて会った時、夫人は白いドレスを着、真珠のネックレスをしていた——

私が中本医師に眼をやったとき、

「アカベの花だ」

と、駐在の巡査が叫んだ。私と中本医師が、巡査の指さすところを見ると、死体の下に、あのまっ赤な花が落ちていた。小枝もついている。恐らく老婆と一緒に落ちて来たのだろう。まだ花弁に艶《つや》がある。巡査は、その小枝を拾い上げてから、

「アカベさまの祟りかな」

と、ひどく重い声で呟いた。この巡査も、やはりアカベの祟りを信じているのだ。

老婆の死体は、三人で崖の上まで運び上げた。

島民が集ってきた。私は、その中に中本夫人の姿を探したが、見当らなかった。

巡査は、死体の傍に落ちていたアカベの花を、制服のポケットにかくし、集ってきた人たちには見せなかった。混乱を起こさせまいとする配慮からそうしたようだったが、それにも拘《かかわ》らず、人垣の中から、「こりゃあ、アカベさまの祟りだあ」という声が起こった。

「何故、そんなことをいうんだ？」

巡査が、声のした方に顔を向けて、大きな声できくと、

「神社《やしろ》のアカベの花が、めちゃくちゃに叩《たた》き落とされているだあ」

という甲高い女の声がはね返ってきた。

「本当か？」

「嘘じゃねえ。だから、こりゃあ、アカベさまの祟りだあ」

「行ってみよう」

と、巡査がいうと、人々の中からも、「神社へ行って見るべえ」という声が起き、ぞろぞろと、神社へ向って歩き出した。

私と中本医師は、顔を見合せてしまったが、気になって、島民の後を追った。

本当だった。アカベの赤い花が、白い砂の上に、一面に散乱していた。風で落ちたのではなかった。小枝がついたままの花も沢山あったからである。誰かが、棒切れか何かを振り回して、叩き落したという感じだった。

「誰がこんな馬鹿なまねをしたんだ？」

巡査は、蒼い顔で人々を見廻した。声が震えていた。誰も答えない。巡査は、思い出したように、ポケットに手をやり、押し潰されたアカベの花を取り出した。

「そういえば、これが松田の婆さまの死体の傍に落ちていた」

と、巡査がいうと、島民たちが、ざわざわと騒ぎ出した。

「じゃあ、松田の婆さまが、こんな大変なことをやらかしたというのかね？」

一人がいうと、「そんな筈はねえ」と、すぐ他の者が打ち消した。やったのは子供に違いないという者もあった。騒然として、収拾がつかなくなってきた。

「静かにせいッ」

と、駐在の巡査が叫んだ。

「じゃあ、駐在さんは、誰がこんなことをやったというのかね？」

「わしにもわからん。だが、巫女《みこ》さんに、松田の婆さまの魂を呼び戻して貰えば、何もかもわかるじゃろ」

「そうじゃ。巫女さんに頼めば、何もかもわかるわい」

「そうだ。巫女さんに頼むべえ」

島民たちは、忽ち、巡査の考えに賛成してしまった。呆気《あっけ》にとられるほど見事な賛成の仕方だった。

私は、彼等の声を聞いていて、背筋に冷たいものが走るのを感じた。私の理性は、巫女の能力を信用しない。死者の霊を呼び戻せる筈がないと考える。だが、心の何処かに、ひょっとするという気があるのだ。

私は、あの時、崖の上に白い人影を見た。あれは中本夫人に違いない。ということは、夫人が、老婆を突き落して殺したのかも知れないのだ。もし、本当に、巫女に力があるとすると、呼び戻された老婆の魂は、中本夫人に殺されたと語るかも知れない。

私は、中本医師を見た。中本医師は、空を見上げ、小さな溜息《ためいき》をついていた。

8

巫女の語りは、夜に行われることになった。島民たちは、神社《やしろ》の境内に死体を運び込み、そのまわりに坐り込んで、陽が落ちるのを待っている。私と中本医師は、食事をとるために、家に戻った。

夫人は、部屋に閉じ籠っていた。中本医師は、心配そうに見にいったが、戻って来ると、「眠っています」と、私にいった。

「睡眠薬を飲んだようだから、しばらくは起きないでしょう」

「奥さんは、時々薬を飲むんですか？」

「ここに来てからですがね。家内は東京生れの東京育ちだから、この島の生活が、辛いのかも知れません」

「それなら、何故、東京に帰ってやらないんです？　貴方だって、この島にいるより、東京にいる方が勉強になるでしょう？」

「そうはいかないのですよ」

「契約とか、使命感のためですか？」

「それもありますが、この島の人たちが、だんだん好きになってきていることもあるんです」

「この島の人間がですか？」

「おかしいですか？」

「医者の貴方が、迷信に凝りかたまった島の人間を好きになるなんて、不自然じゃありませんか？」

「だんだん迷信だと思えなくなって来たんです。いや、このいい方は正確じゃないな。慣れているといった方がいいかも知れません。自分も、島の人たちのように、何かを素朴に信じられたらと思うのですよ。そうなれたら、どんなに幸福だろうと」

「僕にはわかりませんね」

私が肩をすくめて見せると、中本医師は、逆らわずに、「そうでしょうね」と、笑った。

夕食は、中本医師が作ってくれた。テーブルには、この島の名産だという魚のクサヤも並べられた。私は食欲がわかず、茶づけを一杯食べただけで、箸《はし》を置いてしまった。

「神社へ行く積りですか?」

私は、中本医師にきいた。風が出てきたらしく、窓ガラスが鳴っている。

「行きますよ」

と、中本医師はいった。私は、彼を神社へ行かせたくなかった。私は巫女の力を信じない。死者の霊を呼び戻すというのはインチキだと思っている。そう思いながら、私は、老婆の魂が、ひょっとして、中本夫人に突き落されたと叫ぶのではないかという不安に怯えている。矛盾していると自分でも思いながら、どうしようもなかった。

まだ一日しか付き合っていない中本医師に、私は、はっきりした好き嫌いの感情は持っていなかった。中本夫人に対しても同じだった。だが、夫人が殺人犯人になったり、中本医師が苦しむのは見たくなかった。

「死者の霊を呼び戻すなんて、インチキに決ってるじゃないですか。見に行っても仕方がないと思うんだけど――」

私は、中本医師の顔色を窺《うかが》ったが、彼は、善良そうな微笑を浮べて、

「インチキかどうか、貴方も、自分の眼でご覧になったらどうです」

と、逆に私を神社へ誘った。その顔は屈託がなかった。というよりも、今夜の巫女の語りに、強い興味を持っている表情だった。私は、アカベ信仰や、巫女の力を信じたくなっているといった中本医師の言葉を思い出し、止《と》めるのを諦めてしまった。

私たちは、家を出て、神社へ向った。月は出ていたが、雲が早足で南から北へ向って流れ、空は何となく荒れ模様だった。

私たちが境内に入ったとき、すでに儀式は始っていた。

篝火は、強い風を受けて、ごうッごうッと音をたてて炎を吹き上げ、その粉を夜空に撒き散らしていた。そのゆらめく炎の照り返しの中で、白装束の巫女は、口の中で呪文を唱えながら、ゆらゆらと身体を動かしている。

島民たちは、ひっそりと静まり返って、死んだ老婆の霊が巫女にのり移る瞬間を待ち受けていた。

(シチュエイションだけは申し分ないな)

と、私は、努《つと》めて冷たい眼で、踊り続けている巫女を眺めた。これは一種の自己暗示なのだ。巫女は、死者の霊が自分にのり移ると、自分を暗示にかけるだけだ。だが、インチキなことは、すぐ暴露する。老婆の霊が、中本夫人について一言も触れなければ、インチキなのだ。もし本当の老婆の霊なら、必ず中本夫人のことを話すだろう。

巫女の身体の動きが激しくなり、やがて、それは痙攣《けいれん》に近くなった。柔和だった眼が、異様に釣りあがってくる。

突然、巫女が口をひらき、しゃがれた老婆の声が、聞こえた。

「おらあ、罰当りのことをしてしまっただあ」

呻くような老婆の声がいう。「松田の婆さまだッ」と、誰かが、震える声で叫んだ。私の近くにいた陽焼けした漁師も、「松田の婆さまに間違いねえ」と、呟くようにいった。小さな声だったが、その声は、確信に満ちていた。彼が、というより、ここに集った島民全部が、死んだ老婆の声だと信じ、巫女が、死者の霊を呼び戻したと確信している。そして、彼等は、老婆の霊を恐れるどころか、再会できたことを喜んでいるのだ。

「おらあ、昨日山へ行って、骨を掘り出して供養しただ。コロリ病で死んだ弟の骨だ。今日も行っただ。今日は妹の骨だ。そんなことしてたら、急に、アカべさまは、なんてむごいことをなさったと、腹が立ってきちまっただよお」

老婆の声が、呻くように話しつづける。

「無理もねえ」

と、女の一人がいった。

「だが、アカべさまを恨むのは間違ってるだあよ」

「そうだ。おらあ、間違ってただあ。だから罰が当っただあ、竹竿で花を叩き落してたら、急に眼の前がまっ暗になっちまって、眼が見えなくなっちまっただあ。そして、いつの間にか地斧の崖の上へ来ていただ。アカべさまの罰が当っただ」

「傍に誰かいなかったのかね？」

駐在の巡査がきいた。質問の調子でなかった。彼も他の島民と同じように、老婆の霊に語りかけているのだ。

「誰もいなかっただ。おらあ、足をふみ外して落ちただあ。自業自得だ。だから、誰も恨まねえ」

「おう、おう」

と、女たちが、嗚咽し始めた。

またひとしきり強い風が吹きつけて、篝火の炎が吹きあがり、火の粉が舞った。ふいに、巫女が甲高い叫び声をあげ、その場に倒れ伏した。

儀式は終ったのだ。

9

その日の夜半から翌朝にかけて、強風が吹き荒れた。恐らく、神根島の近くで、低気圧が急に発生したのだろう。

私は、風で大地が揺れ動くのを、生れて初めて経験した。これは比喩《ひゆ》ではない。本当に島全体が震えるのだ。家も人も、樹も山も、島そのものが、嵐《あらし》の前にひれ伏してしまう。ひれ伏して、ひたすら、嵐が通り過ぎるのを待つよりないのだ。

荒れ狂う暗黒の海は、もはや海と呼べなかった。人間の小さな力では、どうしようもない絶対者のように見えた。家が倒壊せず、私が無事だったのは、彼等が、気まぐれを起こして、助けてくれただけのこととしか思えなかった。

東京の生活の中で、何気なく使っていた「自然と戦う」という言葉が、いかに無責任なものだったかを、私は知らされた。ここでは、自然は圧倒的であり過ぎて、戦うことは不可能なのだ。

朝が来て、雲の切れ間から陽が差し始めたとき、島は、ようやく荒い息遣いをやめた。

私が、窓をあけて、元の姿に戻った海に眼をやったとき、中本医師が、血相を変えて飛び込んできて、

「家内がいないッ」

と、叫んだ。

私たちは、外へ飛び出し、電柱や樹が倒れている道を走り廻ったが、夫人の姿は、何処にも見当らなかった。

島の人たちも集って来て、協力して探してくれた。だが、夫人はみつからなかった。

私は、歩き廻りながら、自分が驚いていないのを感じていた。

夫人は、あの嵐の中を外に出たのだ。さえぎるもののないこの島で、あの強風の中に飛び出すことは、死を意味している。一年間、この島で生活した夫人が、それを知らぬ筈がない。恐らく、彼女は自殺する気で、外に出たのだろう。そして、私には、夫人が自殺するかも知れないという予感があった。

神社《やしろ》のアカベの花を叩き落したのは、夫人に違いない。彼女は、この島の生活にノイローゼ気味であったし、アカベの祟りを信じる島民に腹を立てていた。発作的であったか、それとも、アカベの祟りが迷信だと証明しようとしたのかはわからないが、彼女が、アカベの花を叩き落したのだと、私は確信している。老婆は、それを止めようとして、崖から突き落されたのだ。夫人が自殺したのは、犯した罪への怯えからであろう。

だから、私は、翌日になって、地斧温泉に、夫人の水死体が流れついたときも、驚きはしなかった。

四日目の午後に、S丸が沖に姿を現わした。私は、中本医師に、こんな島は捨てて、一緒に東京に帰りませんかと誘ってみたが、彼は、暗い眼で、「いや」と、くびを横に振った。

「僕には、ここでやらなければならないことがあるんです」

と、中本医師は、きっぱりとした口調でいった。私には、彼のいう「やらなければならないこと」が、一体何なのかわからなかった。医者としての責任のことか、妻の自殺理由を調べることか、それとも、島で妻を弔うことか、いずれとも受け取れる言葉だったが、私は、わざと詳しくはきかずに艀に乗ってしまった。

私は、東京に帰り、また、平凡で退屈なサラリーマン生活に戻った。神根島で受けたショックが、徐々に薄らいでいくうちに、私は、どうしても中本医師に手紙を書かずにはいられない気持になっていった。その手紙が、中本医師の心を傷つけることは、はっきりしていた。しかし、書かずにいれば、問題は私の内部で醱酵《はっこう》し続け、私を収拾のつかない状態に追い込む危険があった。私には、神根島の島民のように、アカベの祟りにする逃げ道はなかったからである。だから、私は重いペンを取った。

貴方を傷つけることはわかっていながら、私はこの手紙を書かずにはいられなくなりました。

ある日、私は盛り場で、真っ赤な花を髪にさした老婆から、「アカベの島においで下さりませ」と書かれたビラを受け取りました。それが私を神根島へ出発させたのです。あの老婆は、島民の一人でしょう。アカベの祟りを信じている筈の彼女が、罰を覚悟してまで、何故、アカベの花をつみ取って髪にさし、島へ観光客を誘うために、東京の盛り場に立っていたのか。理由は貴方にあったと、私は思うのです。医者の貴方は、神根島の人々には、誰よりも必要な人間だった。昭和十二年にコレラで全滅しかけ、その時の白骨が今でも見つかる状態の中では、医者を失うことは、島民を恐怖に落し込むに違いないからです。だが、貴方の奥さんは、島の生活を嫌い、東京へ帰りたがっていた。奥さんが帰ってしまえば、貴方も島を去ってしまうかも知れない。島民たちは、必死にその恐しい事態を避けようとした。私にビラをくれた老婆も、島に観光客が来れば、貴方の奥さんの機嫌もよくなるだろうと思い、アカベの祟りに戦《おのの》きながら、花を髪にさして盛り場に立っていたに違いありません。

こうした島民たちの意志は、常に働いていたに違いありません。

地斧温泉の事故のとき、私は、死んだ老婆の他に、もう一人の人間が崖の上にいたのを見たのです。白いドレスを着た貴方の奥さんです。それを黙っていたのは、奥さんを犯人にしたくなかったし、貴方を傷つけたくなかったからです。

アカベの花を叩き落したのは、恐らく貴方の奥さんでしょう。強度のノイローゼからの発作的な行為だったか、それとも、迷信に対する反発からだったかわかりませんが。それを咎めた老婆を、奥さんが崖から突き落してしまったのだと、私は信じています。そう考えなければ、あの時、崖の上に奥さんがいた理由の説明がつかないのです。老婆がアカベの花を持って落ちたのは、奥さんがつみ取っているのを奪い取ったのでしょう。

ですから、私は、嵐の夜、奥さんが自殺したのにも、別に驚きはしませんでした。

今になって、こんなことをお知らせするのは、貴方を傷つけるのが本意ではありません。私が書きたいのは、この事件に示された島の陰湿な風土のことなのです。

事件のあと、巫女は、もっともらしく篝火の前で呪文《じゅもん》を唱え、死んだ老婆の霊を呼び戻して見せました。しかし、老婆の霊は、自分で落ちたといい、崖の上に誰もいなかったと語って、はしなくも、インチキ性を暴露してしまったのです。

しかし、これだけのことなら、何処にでもあるインチキな巫女と大した違いはありません。私が陰湿と書いたのは、もう一つ裏があると考えるからです。巫女は、全《すべ》てを見ていたのではないかと、私は考えます。神社は高い見晴しのいい場所にあり、あの崖は一望のもとです。それに、あれだけ境内の花が叩き落されるのに、巫女が気付かなかったと考える方がおかしいと思うのです。そうだとすれば、巫女は、インチキをした上に、嘘をついたことになります。貴方や奥さんを救いたいから、老婆の霊に嘘をつかせたのか。絶対に違います。ただ、ただ、医者である貴方を失いたくないからです。自分たちを守りたいからです。

島民にしても同じことです。自分たちの仲間の老婆が、祟りのあるアカベの花を叩き落したと、本当に信じたのでしょうか。恐らく違います。彼等も、巫女と同じように、貴方を失いたくないから、貴方をというより、医者を失いたくないから、信じたふりをしたに過ぎないと、私は思うのです。いってみれば、巫女（彼女も島民の一人です）と島民がグルになって、「美しき信仰の島」をこしらえているのです。

神根島は、偽善に満ちています。貴方はすぐ東京に帰るべきです。そして、あの島を、伝説の霧の中に埋没させてしまいなさい。

返事はなかなか来なかった。勿論、最初から返事を期待して書いた手紙ではなかったが、それでも、中本医師を傷つけ過ぎたのではあるまいかと、不安になった。

返事が届けられたのは、半月後であった。封を切るとき、その手紙が、私に対する怒りに満ちているだろうと想像した。中本医師にしてみれば、知りたくないことを、私は知らせたのだから。

だが、意外なことに、手紙は、書き出しから奇妙な明るさに溢《あふ》れていて私を驚かせた。


貴方は、私を傷つけることを心配なさっておられますが、あの手紙を読んでも、私は別に傷つきませんでした。これは虚勢を張っているのではありません。お別れするとき、「しなければならないことがある」と、私がいったのを覚えていらっしゃいますか。私は、妻の自殺の原因を知りたかったのです。最初私は、妻の日記を読み返したり、日頃の妻との会話を思い出してみたりしてみましたが、なかなかわかりませんでした。そのうちに、この島で真実を知りたければ、巫女に頼むべきだということに気がついたのです。私は、妻の霊を呼び戻して欲しいと、巫女に頼みました。

最初、巫女は、私が島の人間でないということで断りました。私は、この島でこれからも暮す積りであること、アカベを信仰することを誓いました。それでやっと、二人だけの時に、巫女は、妻の霊を呼び戻してくれたのです。妻は、私に全てを話してくれました。アカベの花を叩き落したこと、それを止めようとした松田の婆さまを崖から突き落してしまったこと、そして自責の念にかられて自殺したことをです。だから、私は、貴方の手紙を読んでも驚かなかったのです。

貴方は、恐らく、こう反駁《はんばく》されるでしょう。巫女は、全てを見て知っていたから、もっともらしく、さも妻の霊の言葉のように私にいえたのだと。或《あるい》はそうかも知れません。しかし、理性的に考えるのと、巫女を信じるのと、果してどちらが幸福でしょうか。

松田の婆さまの霊を巫女が呼び戻したことについても、貴方は、事実を語らなかったから、インチキ性を暴露したといわれます。しかし、私はこう考えたいのです。あれは、本当に松田の婆さまの霊だった。彼女の霊が嘘をついたのは、巫女の作為ではなく、老婆の霊が、私の妻をかばうために嘘をついたのだと。島の人たちが、それをそのまま受け入れたのは、陰湿な計算からではなく、心の健康である証拠ではありますまいか。あまりにも健康すぎるとはいえるかも知れませんが。

東京のような都会では、恐らく、貴方がいわれるように、理性的であることが真実でしょう。しかし、この島では、巫女の語りも、アカベ信仰も、全て真実なのです。それが、私にもようやくわかりかけてきているところです。

私は、この島に残る積りです。その方が幸福だからです。もし東京に帰れば、反省好きのインテリに逆戻りして、妻を死に追いやった責任は自分にあるのではないかと考え、苦悩にさいなまれるに違いありません。まるで、苦しむことが人間的であるかのように錯覚して。

しかし、ここでは、アカベの祟りの一言で全てが解決するのです。余分な重荷を背負う必要はないのです。それでもなお、詰らない反省や自己批判に落ち込みそうになると、自然の猛威が、そんな精神のマスターベーションが、いかに小さく詰らないものであるかを教えてくれます。

そのうちに、私も、島の漁師やかみさんたちのように、明るく透明な笑い方ができるようになると思っています。

誘拐《ゆうかい》の季節

失《しっ》踪《そう》

沢木は、起きると同時に、枕元《まくらもと》の時計に眼をやった。小野由紀子《おのゆきこ》のマネージャーになって以来、それが習慣になってしまっていた。

「もう起きるの？」

隣りで、女が、寝惚《ねほ》けたような声を出した。昨夜、新宿《しんじゅく》のバーで拾った女だが、名前も覚えていない。

「――――」

沢木は、黙って、ベッドを降りると、浴室に入って、冷たいシャワーを浴びた。眼がチカチカするのは、寝不足のせいだ。毎日が、やたらに忙しく、ひどく疲れる。

タオルで、濡《ぬ》れた身体を拭いているうちに、どうやら、気持がシャッキリしてきた。

鏡に向って、髭《ひげ》をそりながら、小野由紀子の今日のスケジュールを思い浮かべてみる。十時から、S映画の撮影がある。また、眠いとか疲れたとか文句をいうだろうが、なだめすかして、撮影所まで運ばなければならない。

洗面所を出て、外出の支度を始めると、女が、ベッドの上から、

「これから、お姫さまのお守りに行くのね」

と、いった。

昨夜、バーで、どんなことを喋《しゃべ》ったか、沢木は覚えていないが、小野由紀子のことを、口にしたらしい。

「それが仕事でね」

と、沢木は、無表情に、女を見た。色の白い、丸顔の女だった。小野由紀子に、眼のあたりが、少し似ていた。

（それで、俺《おれ》は、この女を抱く気になったのか）

ふと、苦笑が浮かんだ。

「帰る時は、鍵《かぎ》を掛けてってくれよ」

と、沢木はいい、部屋を出た。

九月の末だが、外の陽射しは、まだ暑かった。

沢木は、近くにある有料駐車場まで歩き、車に乗った。外国のスポーツカーだが、沢木のものではない。小野由紀子のものである。沢木の給料で買える代物《しろもの》ではなかった。

沢木は、上野毛《かみのげ》の小野由紀子の家まで、車を飛ばした。

着いたのは、九時である。どうやら、間に合いそうだと思い、門をくぐった。大きくはないが、いかにも女優の家らしい洒落《しゃれ》た造りになっている。庭にいたペットのセントバーナード犬が、沢木を見て尾を振った。この犬は、誰にでも尾を振るくせがある。二、三日前、空巣が入った時も、尾を振ったらしく、誰も気がつかなかった。

沢木は、庭を横切って、ベランダから、中に声をかけた。お手伝いの宮島時子《みやじまときこ》が、すぐ顔を出した。女優になりたくて、北海道から出てきた娘である。まだ、十七だが、柄《がら》だけは大きい。

「お姫さまは、まだ寝てるのかね？」

沢木は、二階の由紀子の部屋を見上げるようにしてきいた。

「いいえ」

と、時子が、首を横にふった。

「ほう、珍しいこともあるもんだな。今日は起こす手間が、はぶけたわけか」

「でも――」

「でも、どうしたんだ？　ご機嫌が悪いのか？」

「いいえ。いらっしゃらないんです」

「いない？」

沢木の声が大きくなった。

「いないって、どういうことなんだ？」

「先生は、一時間前に、お出かけになりました」

「出かけた？　何処《どこ》へ？」

「存じません。行先を、おっしゃらなかったんです」

「弱ったな」

沢木は、苦い顔になった。今日、十時からS映画の仕事があることは、知っている筈《はず》だった。それなのに、一体、何処へ出かけたのか。

小野由紀子のわがままには、慣れている積りなのに、やはり、腹が立つ。二か月ほど前にも、急に姿を消して、沢木を、あわてさせたことがあった。おかげで、沢木は、映画会社や、テレビ局に、頭を下げて廻る破目になったが、由紀子の方は、ケロリとした顔で戻ってきて、友人の家で、寝ていたといった。彼女には、そんなところがある。

「本当に、何処へ行ったのか、判《わか》らないのかね」

沢木は、念を押したが、戻ってきた返事は同じだった。

沢木は、腕時計に眼をやった。既に、九時を十分すぎている。

(また、頭を下げて廻るのか)

と、うんざりした。が、ともかく、撮影所へ行ってみることにした。ひょっとして、由紀子も、外出先から、撮影所へ廻ったかも知れないと思ったからである。

「彼女が戻って来たら、すぐ、撮影所へ来るように言ってくれ」

と、沢木は、時子にいって、車に戻った。

撮影所に着いたのは、十時も少し過ぎていた。が、小野由紀子は、まだ、来ていなかった。

昔から、几帳面《きちょうめん》で鳴らした古川監督は、すでに、セットに姿を見せていて、沢木の顔を見ると、

「小野君は、どうしたのかね？」

と、不機嫌な声で、きいた。

「最初から、主役が遅れちゃ困るね」

「急用が出来たものですから」

と、沢木は、冷汗をかきながら、弁解した。

「じきに見えると思いますが」

「本当かね」

古川は、信用しない眼で、沢木を見た。

「小野君は、最近、天狗《てんぐ》になって、わがままになっているという噂《うわさ》を聞いたがね」

「そんなことはありません」

沢木は、懸命にいった。

「必ず参ります。昨日も、先生の作品に出られるというので、張り切っておりましたから――」

沢木は、セットを出ると、上野毛の由紀子の家に、電話を掛けてみた。が、まだ、戻っていないという返事だった。

沢木は、手帳を取り出すと、彼女の行きそうな場所に、片っぱしに電話を掛けてみた。テレビ局、女学校時代の友人の家、行きつけの美容院、洋装店――だが、小野由紀子は何処《どこ》にも行っていなかった。

(やれやれ)

思わず、溜息《ためいき》が出た。

(一体、何処へ雲がくれしたのか?)

昼になっても、小野由紀子は、姿を見せなかった。古川は、かんかんになって、途中で撮影を中止してしまい、沢木は、ほうほうの体で、撮影所を飛び出した。

午後には、テレビの仕事がある。沢木は、上野毛に戻って、由紀子が戻るのを待ったが、二時、三時になっても、戻って来なかったし、連絡もなかった。テレビ局からは、どうしたのだという問い合せの電話が殺到し、その度に、沢木は、下手な嘘《うそ》をついて、ごまかさなければならなかった。

夜に入っても、小野由紀子は、家に戻らなかった。

翌日になると、何処で嗅《か》ぎつけたのか、芸能記者の連中が、押しかけてきた。沢木が応接したが、向うは、面白い記事にする積りだから、辛らつな質問の洪水だった。

「もう二十九のハイミスだから、結婚したい男でも出来たんじゃないんですか？」

「今度の映画に不満なことがあって、レジスタンスでもしてるんですかねえ？」

「今度の失踪《しっそう》は、マネージャーである沢木さんの演出じゃないの？　人気取りのさ」

そんな質問に対して、沢木は、どれも考えられないことだと否定した。

小野由紀子は、今度の誕生日が来れば、三十歳になる。女優でなくても、迷いので る年齢だ。時には、平凡な家庭生活に、あこがれることがあるらしいことも、沢木は知っていたし、人気が、下降線を辿《たど》っていることを苦にしていたことも知っている。

だが、だからといって、男と駈落《かけお》ちしたとは考えなかったし、人気取りの失踪とも思わなかった。沢木には、この間のように、一寸《ちょっと》した気まぐれとしか考えられなかった。

どうせ、二、三日したら、ケロリとした顔で現われるだろう。問題は、その間、マスコミをどうやって、なだめすかすかということだった。少くとも、沢木は、小野由紀子については、心配していなかった。

二日過ぎた。が、小野由紀子は、戻って来なかった。

三日目になっても、何の連絡もなかった。

四日目になった。沢木はようやく狼狽《ろうばい》を感じ始めた。

五日目の午後、沢木は、警察に電話を掛けた。これは、単なる気まぐれではなさそうだった。

一時間ほどして、私服の刑事が一人でやってきた。三十五、六の、陽焼けした顔の刑事だった。

「私も、小野由紀子さんのファンの一人ですよ」

と、その刑事は、沢木の顔を見るなり、いった。本当なのかそれとも、仕事をやり易《やす》くするために、いったのか、沢木には、判らなかった。

「それで、貴方《あなた》の電話ですと、彼女が失踪《しっそう》したそうですね？」

「もう五日間、姿が見えません」

「何故《なぜ》、五日間も放っておいたのですか？」

「前にも一度、こういうことがあったからです」

沢木は、自然、弁解するような調子になって、いった。

「その時は、友人の家にかくれていたといって、ケロリとした顔で戻って来たのです。ですから、今度も、その伝かと思って」

「ところが、違っていたというわけですね」

「五日間も、連絡がないというのは、気まぐれにしては、変だと思ったのです。それに、一寸《ちょっと》、妙なことを耳にしたのです」

「妙なことというと？」

「お手伝いの宮島時子の話なんですが、いなくなった日に、小野由紀子に電話があったというのです」

「電話があってから、出かけて、そのまま戻らんというわけですか？」

「そうです」

「どんな電話だったのですか？」

「それが判らんのです。小野由紀子がすぐ出たそうですから。判っているのは、男の声だったということだけです」

沢木は、宮島時子を呼んで、刑事に紹介したが、沢木が聞いたことしか、刑事にも

「しかし、その男の声が、若いか、年寄りか見当はつきませんでしたか？」

刑事は、慎重に、時子にきいた。

「判りません」

と、時子は、青い顔で、いった。

「先生を呼んでくれとしか、いわなかったんですから」

「その電話のあと、すぐ、外出したんですか？」

「はい」

「その時、小野由紀子さんは、どんな様子でした？　あわてていたようでしたか？　それとも普段と変りありませんでしたか？」

「そういえば、一寸《ちょっと》、あわてていらっしゃったようでしたけれど――」

刑事は、一寸、考えるように、天井を見上げた。

「貴方は、どう考えます？」

刑事は、沢木に眼を移してきいた。

「仕事に不満でもあって、雲がくれしたのだと思いますか？」

「いや」

と、沢木は、首を横に振って見せた。

「最近は、仕事に意欲を見せ始めていました。S映画の仕事もとても乗り気だったのです。ですから、仕事からの逃避ということは一寸考えられません」

「では、何故、姿を消したと？」

「それが判らないから、警察に来て頂いたのです。何となく、電話で誘い出された感じがするのですが――」

「誘拐かも知れないというのですか」

刑事は、厳しい眼になって、沢木を見た。沢木は、黙って頷《うなず》いてから、自分でも、「誘拐」という言葉に、狼狽《ろうばい》していた。

「その可能性はありますね」

刑事は、冷静な口調で、いった。

「もし、誘拐だとしたら、二、三日中に、犯人から連絡があるに違いありません。そうしたら、すぐ、警察に連絡して下さい」

刑事は、内ポケットから、名刺を取り出して、沢木に渡した。それで、沢木は、その刑事の名前が、五十嵐《いがらし》五郎という風変りな名前であることを知った。

新聞に、失踪《しっそう》の記事が出た。「誘拐」かと先走った言葉を並べた新聞もあった。が、それが、単なる先走りでないことが、やがて解った。

沢木宛《あて》に、脅迫状が舞い込んできたからである。

何処にでも売っている安物の封筒に便箋《びんせん》。その便箋には、下手くそな字で、次のように書いてあった。

〈小野由紀子は、こちらで、あずかっている。無事に返して欲しければ、すぐ、二百万の金を用意せよ。

誰にも知らせるな。知らせれば、彼女の命はないものと思え。

金が用意できたら、N新聞に、「由紀子スグカエレ」の広告を出せ〉

勿論《もちろん》、差出人の名前はなかった。手紙には、何処にも知らせるなとあったが、沢木は、警察へ電話して、五十嵐刑事に、来て貰った。

五十嵐刑事は、すぐ、来てくれた。問題の手紙を見るなり、

「やはり、来ましたね」と、沢木にうなずいて見せた。

「この字は、筆跡をごまかすために、左手で書いたものですね」

「どうしたらいいでしょうか？」

「二百万の金は、用意できますか？」

「僕個人には、そんな大金は集りませんが、彼女の預金が、あります。あなたに立ち会って頂いて、それを下せば、二百万の金は用意できますが」

「それでは、一応、金を用意して、相手の出方を待ちましょう。それから、念を押すまでもないと思いますが、この手紙の来たことは、警察以外には、黙っていて下さい」

「判っています」

と、沢木は、うなずいて見せた。

沢木は、刑事に立ち会って貰って、小野由紀子の部屋に入り、小さな金庫を開けた。

貯金通帳と、株券が入っていた。普通預金の通帳には、五百万ほどの預金があった。

五十嵐刑事は、手に取って、通帳を眺めながら、

「最近、百万ばかり、下していますね」

と、何気ない調子で、いった。沢木も覗《のぞ》き込んだ。確かに、一か月ほど前に、百万の金が下されていた。

（一月前に、彼女は、何か、大きな買物をしただろうか）

と、沢木は考えてみたが、思い出せなかった。が、考えてみれば、そんなことは、どうでも良いことだった。今は、小野由紀子を助けることが問題だった。

「私は、すぐ、銀行に行って来ます」

と、沢木は、いった。

沢木は車で銀行に行き、二百万の金を下した。帰宅の途中でN新聞に寄り、犯人が指定してきた広告を依頼したのだが、そんなことをしているうちに、あることを思い浮かべた。

沢木は、急いで帰宅すると、小野由紀子の部屋にあるシナリオを、片っ端から調べてみた。探すものは、すぐ見つかった。考えた通りであった。沢木は、そのシナリオを、五十嵐刑事に見せた。

「これは、三年前に、小野由紀子が、若い母親の役で主演した映画のシナリオです」

と、沢木は、いった。

「誘拐事件をテーマにした映画です」

「この映画なら覚えていますよ」

刑事は、沢木に微笑して見せた。

「私も、見ましたからね。それがどうかしたのですか?」

「実は、脅迫状を読み返しているうちに、前に一度、何処《どこ》かで読んだような気がしてならなかったのです。新聞社に寄っている時に、何処で読んだか、思い出したのです。この、『殺さないで』という映画なんです。これにも脅迫状が出て来ますが、文句が、殆《ほとん》ど同じなんです」

「――――」

五十嵐刑事は、黙って、シナリオのページをめくっていった。その箇所は、すぐ出て来た。

〈子供は、こちらで、あずかっている。無事に返して欲しければ、すぐ、二百万の金を用意せよ。

誰にも知らせるな。知らせれば、子供の命はないものと思え。

金が用意できたら、新聞に、「良男スグカエレ」の広告を出せ〉

「確かに、同じですね」

五十嵐刑事は、難しい顔で、いった。

「子供という言葉のかわりに、小野由紀子の名前が入っているだけだ」

「偶然の一致でしょうか？」

「いや、そうじゃないでしょう」

と、刑事は、いった。

「恐らく、犯人は、あの映画を見たに違いありません。それも、何度も。ひょっとすると、今度の事件も、あの映画にヒントを得ているのかも知れません」

第一の殺人

五十嵐刑事の他に、二人の刑事が来て、上野毛の小野由紀子の家に、泊り込むことになった。

電話には、テープレコーダーが接続された。

沢木は、刑事たちに協力しながら、ふと、映画でも見ているような気になる瞬間があった。あのシナリオのせいだろう。「殺さないで」という映画は、マネージャーという立場上、沢木は、三回ほど見ている。

あの映画にも、電話に、テープレコーダーを接続する場面があった。そして、映画の中で、恐れおののいていた母親役の小野由紀子が、今度は誘拐された――

今度の事件は、あの映画とどこかで関係しているのだろうか。

五十嵐刑事は、今度の犯人は、あの映画を見ているに違いないといった。脅迫状の文句が同じだったことから考えて、その可能性は強いだろう。

(そうなると、次に打ってくる手も、あの映画と同じだろうか)

沢木は、もう一度、シナリオを読み返してみた。

二百万の金を用意させた犯人は、電話でなく、手紙で、連絡してくるのだ。電話では、録音される恐れがあるためである。手紙なら、男か女かも判らずにすむ。

「犯人は、恐らく、手紙で連絡してくると思いますよ」

と、沢木は、テープレコーダーの調子を調べている五十嵐刑事に、声をかけた。

刑事は、機械から手を放して、沢木を見た。

「映画が、そうだからですか？」

「ええ。犯人が、あの映画にヒントを得たのだとしたら、連絡の方法も、真似をするんじゃないでしょうか。すでに、最初の手紙が、真似をしているんですから」

「その可能性は、大いに考えられますね」

五十嵐刑事は、一応、沢木にうなずいて見せたが、

「だからといって、電話が使われないという保証は、どこにもない。あらゆる場合を考えて、用意しておく必要があります」

と、いった。

誘拐事件の辛さは、相手の出方を、ただ、待たなければならないことである。誘拐された人間の生死が、はっきりするまでこちらから動き出すことはできない。

N新聞に、「由紀子スグカエレ」の広告が載った。

犯人も、見た筈《はず》であった。だが、一日、二日と待っても、電話は鳴らなかった。

四日目に、手紙が来た。

封筒も、便箋《びんせん》も、左手で書いたらしい下手くそな筆跡も、前のものと同じであった。

消印は、新宿局だったが、前の手紙が、上野局だったから、犯人を探す手掛りにはなりそうもなかった。

だが、文面には、沢木や、刑事たちを驚かせるものがあった。

〈新聞を見た。

九月三十日の午前十時に、一人で二百万持って、上野駅に来い。そこで、次の指示をする。

警官が来たら、女を殺す〉

文面は、「殺さないで」という映画の中のそれに、同じであった。

「正確に同じとはいえません」

沢木は、映画のシナリオを、ひっくり返しながら、五十嵐刑事に、いった。

「映画の場合は、上野駅でなくて、東京駅でした」

「そのことは、私も気がついて、考えていたところです」

と、五十嵐刑事も、うなずいた。

「確か、あの映画では、母親役の小野由紀子さんが、二百万を持って、東京駅へ行くんでしたね」

「そうです。彼女は、駅に着いて、犯人の連絡を待ちます。しかし、いつまでたっても、犯人らしい人間は現われない。諦《あきら》めて、帰ろうとした時、偶然、駅の伝言板に眼をやると、そこに犯人からの次の指令が、書いてあるのです」

「そうでしたね」

と、五十嵐刑事は、厳しい眼になって、うなずいた。

「今度の犯人も、同じ手を使う気かも知れない」

「上野駅の伝言板に、次の指令が、書いてあるということですか?」

「恐らく、そうだと思います。今のところ犯人は、映画と同じ手を、使っていますからね」

「上野駅には、私が行きます」

と、沢木は、いった。

「そうして下さい」

と、五十嵐刑事も、いった。

「恐らく犯人の方も、貴方《あなた》が来るものと考えているでしょう」

「あの映画では——」

と、沢木は、シナリオを、繰りながら、言葉を続けた。

「東京駅の伝言板には、伊豆《いず》へ行けと書いてあって、子供は、伊豆の空別荘に檻禁《かんきん》されていたことになっていますが」

「それで?」

「今度の犯人は、小野由紀子を檻禁するのに、同じ手を使ったのかも知れません」

「空別荘に、連れて行ったというのですか?」

「その可能性があると思うのです」

と、沢木は、いった。

「あの映画は、九月末の出来事になっています。夏の間、賑《にぎ》わっていた伊豆の海の寂《さ》びれ、別荘は閉って、人間は、東京へ帰ってしまいます。誰もいない無人の別荘は、子供をかくす絶好の場所です。そして、今は、あの映画と同じ、九月の末です」

「しかし、映画は、東京駅が指定場所だが、今度は、上野駅を指定しているが」

「伊豆の他にも、別荘地帯はあります。上野から行ける所にも」

「貴方のいうのは、軽井沢のことですか?」

「そうです」

と、沢木は、うなずいた。

「夏が終り、軽井沢には、空いた別荘がいくらもある筈《はず》です。中には、管理人も置いてない別荘もある筈です。彼女は、そこに、檻禁されているのかも知れません」

「その考えは、面白いですが……」

五十嵐刑事は、慎重に、いった。

「そこまで、犯人は、映画と同じ手を使うだろうか」

確かに、その疑問は、あった。全部、同じ方法なら、映画で犯人が逮捕されたように、今度も、犯人は逮捕されることになる。犯人は、そんな馬鹿でもあるまい。だが、沢木は、何となく、小野由紀子が連れて行かれたのは、軽井沢あたりの、空別荘のような気がしてならなかった。

(どちらにしろ、上野駅に行ってみれば、判ることだが……)

翌日（九月三十日）、沢木は、二百万の金を鞄《かばん》に入れて、上野に出かけた。

台風が近づいているせいか、空が、どんよりと曇って、今にも、雨が降って来そうな天気だった。

（天気だけは、映画と違っているな）

と、車を走らせながら、沢木は、思った。映画の中で、母親役の小野由紀子が、東京駅に向う場面は、静かな秋日和《あきびより》になっていて、彼女の影の動きが、心の不安を示すように、作られていた。

沢木には、今度の事件で、もう一つ映画と違って欲しいことがあった。

それは、結末である。

映画では、ラストで、犯人が逮捕される。しかし、その時には、誘拐された子供は、死んでいたのだ。

（小野由紀子は、死なずに、助け出したい）

と、思う。彼女が殺されたら、メシの喰《く》い上げだからということもある。だが、もっと個人的な、男としての感情もあった。

小野由紀子は、欠点の多い女だ。それに、沢木は、女優としての彼女しか知らない。女優になる前の彼女が、どんな女だったかも知らない。

それでも、沢木は、小野由紀子に対して、愛情を感じていた。彼女に向っては、一言も、それらしい言葉を口にしたことはなかったが。

上野駅には、指定された時刻より、十分早く着いた。すぐ、伝言板を調べたいのを我慢して、ともかく、構内で、約束の十時まで、待った。

だが、予期したように、十時をすぎても犯人は、姿を現わさなかった。

沢木は、駅の構内にある伝言板を見て廻った。やはり、あった。

〈由木子の代理人へ。今日中に、中軽井沢へ来い〉

伝言板には、そう書いてあった。由紀子の「紀」の字が違っている以外は、沢木の予期した通りの伝言があった。

沢木は、すぐ、中軽井沢までの切符を買った。

十一時二十分の長野行に乗れば、中軽井沢には、十四時十八分に着く。

沢木は、腕時計に眼をやった。長野行の汽車が出るまでに、まだ、三十分はある。

沢木は、五十嵐刑事に連絡しようと考えて、赤電話のそばまで歩いて行ったが、途中で、足を止めてしまった。

監視されているかも知れないと、思ったからである。

自分が戻らなければ、五十嵐刑事も、きっと、伝言板の文字を発見して、軽井沢へ来てくれるだろう。

沢木は、電話連絡を諦《あきら》めると、改札を通って、ホームに入った。

列車が、中軽井沢の駅に着いた時、小雨が降り始めていた。改札口を抜けると、肌寒い空気が、沢木の身体を包んだ。

季節外れのせいか、降りる客も少く、駅も駅前の通りも、ひっそりとしていた。

沢木は、暫《しばら》くの間、駅の前に立って、様子を見た。が、話しかけてくる人間は、誰もいなかった。

駅には、小さな伝言板があった。沢木の眼は、自然に、それに、吸い寄せられた。

あの映画と同じように、やはり、その伝言板に、目指す文字があった。

〈由木子の代理人へ。星野リンク前の空別荘〉


それだけの文字が見えた。

（また、由紀子の字が違っている）

そのことが、ひどく緊張しているにも拘《かかわ》らず、沢木は、気になった。だが、何故《なぜ》、
二度も、犯人が間違えたのかは、判断がつかなかった。恐らく、犯人の方でも、あわてているのだろう。

沢木は、駅から、約一キロ北にある星野リンクまで、歩いていった。星野は、星野温泉で有名なところで、スケートリンクは、星野リンク以外にも、二つほどあり、Sデパートも進出していて、スケートシーズンには賑《にぎ》わう場所である。

しかし、今は、まだ、ひっそりしていて、リンクは、自動車練習場になっていた。

星野リンクの近くには、幾棟かの別荘が見えた。どの建物も住人が東京へ帰ってしまったものと見えて、門は閉ざされ、雨戸も閉って、ひっそりとしている。

沢木は、その一軒に近づいて、裏手へ廻ってみた。

管理人はいないらしく、閉め切った雨戸は汚《よご》れている。試しに、勝手口のドアを押してみると、鍵は掛かっていないらしく、きしんだ音を立てて、内側に開いた。最初から、鍵が掛かっていないとは思えないから、誰かが、鍵をこわしたのである。

（伝言板で、指定したのは、この別荘のことだろうか？）

沢木は、内部の様子を窺《うかが》った。雨戸を閉め切ってあるせいで中は薄暗く、よどんだ空気の匂《にお》いがする。そのままの姿勢で、しばらく待ったが、何の気配もなかった。

沢木は、中に入った。

眼が慣れてくるにつれて、わずかに射《さ》し込んでくる陽の光で部屋の中が、おぼろげに見えてきた。

居間に使われていた部屋らしく、大きなテーブルと、ソファが並んでいる。そのテーブルの上に、食べ残したパンや、缶詰が、転がっているのが、眼に入った。

空になったウイスキーの瓶もある。誰かがここにいたのだ。そして、今も、いるかも知れない。

「誰かいるのかな」

沢木は、声に出して、呼んでみた。

だが、返事はない。

沢木は、次の部屋を覗《のぞ》いてみた。寝室だった。ダブルベッドがあるところをみると、若夫婦の別荘だったのか。

沢木は、ベッドに近づいた。その時、ベッドの下に倒れている人間を発見して、ぎょっとなった。

男だった、俯伏《うつぶ》せに倒れている。沢木は、かがみ込んで、男を抱き起した。

（死んでいる……）

年齢は、三十歳くらいだろうか。沢木の知らない顔である。

後頭部を殴られたらしく、乾いた血が、こびりついている。

沢木は、青ざめた顔になって、死体を床に置いて立ち上った。

この男が、小野由紀子の誘拐に、関係しているのかどうかもまだ、判りはしない。二百万円を要求した犯人は、別の空別荘で、沢木の来るのを待っているかも知れないのだから。

沢木は、迷った。勿論、地元の警察へ届けるのが本筋だが、この死体が、誘拐事件と無関係の場合、本当の犯人を、いたずらに警戒させてしまわないだろうか。

沢木が、ベッドに腰を下して、死体を見下しながら腕を組んだ時、背後で、ドアの開く音がした。

沢木は、ぎょっとして振り向いた。

ドアのところに、男が立っていた。が、薄暗いので、顔が、はっきり見えない。

「誰だ」

と、こわばった声を出すと、

「私だ」

という聞き覚えのある声が戻ってきた。五十嵐刑事の声だった。

「ここに死体が」

と沢木がいうと、刑事は、ゆっくり近づいてきて、死体を見下した。

「仲間割れですね」

五十嵐刑事は、簡単に断定した。沢木は、一寸《ちょっと》、疑問になった。

「しかし、この男が、小野由紀子の誘拐に関係していたという証拠はありませんよ。第一、ここに、彼女が檻禁《かんきん》されていたかどうかもわからない」

「いや、小野さんが檻禁されていたのは、この家です」

「何故、そうだと、断定できるんですか？」

「浴室へ行ってみれば、わかりますよ」

と、五十嵐刑事は、いった。

沢木は、寝室を出ると、居間を抜けて、隅にある浴室に入ってみた。最近まで、誰かが使っていたのか、浴槽は、汚れていない。

壁に、何か書いてあるのが、眼に入った。近づいてみると、赤い文字であった。口紅か何かで書いたものらしい。

〈ヌマヅ　由〉

とだけ、書いてあった。見覚えのある字だった。小野由紀子の筆跡だ。

沢木は、寝室に戻った。

「見ました」

と、沢木が、五十嵐刑事にいうと、刑事は、

「小野由紀子さんの字ですか？」

と、きいた。

「間違いありません。彼女の書いたものです、ヌマヅというのは、東海道線の沼津のことでしょうか？」

「恐らく、そうでしょう。小野さんは、自分が連れて行かれる場所を、我々に、書き残したんだと思いますね」

「軽井沢から沼津では、ずい分、離れていますが」

「車を使えば、たいした距離じゃありませんよ」

「犯人は、車を使っていると？」

「勿論です」

と、刑事は、いった。

「大の大人が誘拐されたんです。しかも、顔の知られたスターです。車で運ぶ以外に、どうやって運びます？」

「――――」

沢木は、ぼんやりと、うなずいていたが、心の何処《どこ》かに、何故か、納得できぬものが、残るのを感じた。

確かに、五十嵐刑事のいう通り、小野由紀子の顔は、たいていの人間が知っている。汽車で連れて歩いたら(それも、強制して)すぐ、人目につくだろう。だから、自家用車を使ったというのは、沢木にもわかるのだ。

(だが――)

それなら、何故、犯人は、上野駅や、中軽井沢駅の伝言板を連絡に使ったのだろうか。映画の真似だろうが、あの映画の場合は、誘拐した子供は、列車で運ばれたのだ。

「この男に――」

と、五十嵐刑事に声をかけられて沢木は自分の考えから、現実に引き戻された。

「この男に、見覚えは?」

「ありません」

「ファンとして、小野由紀子さんに会いに来たことも、ないというわけですか?」

「ええ、見覚えのない男です。何か、その男のことで、判ったのですか?」

「いや」

五十嵐刑事は、首を横に振った。

「持物は、一つもないし、上衣《うわぎ》のネームも、引きちぎってあります。恐らく、犯人は、この男の身元がバレるのを恐れたんでしょうね」

「これから、どうしたら、いいでしょうか」

「貴方《あなた》は、ひとまず、東京へ帰って下さい」

「しかし、小野由紀子は、沼津へ連れて行かれたんでしょう。それを、東京に戻るのは」

「沼津といっても、広いですよ」

五十嵐刑事は、落着き払って、いった。

「沼津の何処かも、わからんでしょう。それに、貴方が、沼津の町をウロウロしたら、相手に警戒されるだけです。犯人は、仲間割れを起こして、一人が死んでいます。警戒心も、それだけ強くなっている筈《はず》です」

「私は、東京に戻って、何をすればいいんですか」

「犯人から、連絡のあるのを待って下さい」

「犯人が、もう一度、連絡してくると、思うのですか？」

「して来ますよ」

と、五十嵐刑事は、断定するように、いった。

「犯人は、二百万円を、まだ、手に入れていないのですからね」

第二の殺人

沢木は、東京に戻った。

五十嵐刑事も、二日後に、上野毛の家に、顔を見せた。

「貴方は、てっきり、沼津へ行かれたのかと思ってましたが」

と、沢木がいうと、五十嵐刑事は、

「沼津へ行っても、打つ手がありませんからね」

と、苦笑して見せた。

「待つより仕方がないのです」

「そうすると、彼女が、浴室の壁に書き残したことは、何の役にも立たなかったことになりますね」

「いや、役に立ちましたよ」

五十嵐刑事は、強い声を出した。

「少くとも、あれで、小野由紀子さんが、まだ生きていることが、わかりましたからね」

そうだと、沢木も思った。彼女は、まだ生きている。だが、無事に、連れ戻せるだろうか。

ふと、不吉なものが、沢木の胸をよぎった。二百万円を手に入れても、犯人は、自分の顔を覚えた小野由紀子を、おとなしく帰すだろうか、帰しはすまい。

沢木は、その不吉な想像から、逃がれるように、五十嵐刑事に、話しかけた。

「軽井沢で殺された男の身元は、わかったのですか？」

「指紋を照会《しょうかい》して、名前だけは、わかりましたよ。前科があったのでね。井上照夫《いのうえてるお》という二十九歳の男です。名前に、聞き覚えは？」

「いや、ありません。何をしていた男ですか？」

「新宿のアカネというバーで働いていたようです。詳しいことは、今、調べていますから、そのうちにわかるでしょう」

「井上照夫――」

沢木は、その名前を、何度も、呟《つぶや》いてみた。が、どうしても記憶に浮かんで来なかった。

また、ただ、待つだけの毎日が始まった。

犯人は、仲間割れの結果、用心深くなったらしく、二日、三日と過ぎても、連絡は来なかった。

その間、警察は、中軽井沢の空別荘で殺されていた男の身元を、追っていた。その結果を、沢木は、五十嵐刑事から聞いた。

「井上照夫のことですが――」

と、五十嵐刑事は、沢木と一緒に、犯人からの連絡を待ちながら、話しかけた。

「以前は、池袋附近《ふきん》にたむろしていたチンピラだったことが、わかりました。その頃、窃盗や傷害事件を起こしています」

「その男の仲間のことは、わからないのですか？」

「大体のところは、わかっています」

五十嵐刑事は、手帳を取り出して、眼をやった。

「池袋時代の仲間が、三人います」

「その三人の名前は、わかっているのですか？」

「わかっています」

五十嵐刑事は、その三人の名前を、メモ用紙に書き写して、沢木に見せた。

木田五郎（二十八歳）
中尾与一（三十七歳）
渡辺雄吉（二十七歳）

メモ用紙には、そう書いてあった。

「この三人の名前に、聞き覚えはありませんか」

五十嵐刑事は、強い眼で、沢木を見た。

「小野由紀子さんが、何かの拍子に、この中の誰かの名前を、口にしたことは、ありませんでしたか？」

「彼女と、関係があった男たちと、警察は、考えているのですか？」

沢木は、やや瞼《けわ》しい眼になって、五十嵐刑事を見た。犯人と、小野由紀子が、前からの知り合いのように考えている刑事の様子が、気に喰《く》わなかったからである。

「断定しているわけではありません」

五十嵐刑事は、慎重ないい方をした。

「単に、女優としての小野由紀子さんを知っていて、スターなら、金になるだろうと考えて、誘拐したのかも知れませんからね」

「何故、そう考えないのですか」

「小野さんは、電話で、誘い出されています。単なるファンの電話に、仕事を放り出して出かけるでしょうか？」

「――――」

沢木は、黙ってしまった。確かに、刑事の言葉は当っている。

沢木は、別のことに、話題を移した。

「それで、この三人の行方は、調べているのですか？」

「勿論、調べています」

と、五十嵐刑事は、いった。

「しかし、三人とも、行方が知れません。ということは、死んだ井上照夫を含めて四人で、小野由紀子さんを誘拐し、逃げているると考えるのが、妥当のようです」

「そして、今、沼津にいる可能性が、あるわけでしょう」

「ええ。だから、三人の写真を、沼津の警察に送って、それとなく調べさせています」

五十嵐刑事が、そこまでいった時、若い刑事が、あわただしく居間に入ってきて、一通の手紙を差し出した。

「待っていたものが、来ましたよ」

一目で、問題の手紙とわかった。下手くそな字に、見覚えがあったからである。消印は、沼津だった。

五十嵐刑事が、封を開いた。中からは、便箋《びんせん》が一枚、そして左手で書いたらしく下手くそな字。

〈この間は、ごたごたがあって失敗した。だが、二百万は、あきらめていない。

彼女を殺されたくなければ、マネージャーが一人で、二百万円を持って沼津に来い。

十月十日に、沼津に来て、駅前の旭ホテルに泊ること。それから、次の指示を与える。

下手に動いたり、沼津の町を探し歩いたりしたら女を殺す〉

「あの映画は、どうなっていましたかね？」

五十嵐刑事が、沢木に、きく。沢木は、便箋《びんせん》の文字に眼をやりながら、

「映画は、別荘で終っています」

「すると、この手紙からあとは、犯人の創作ということになるのか――」

五十嵐刑事は、語尾を、ひとり言のようにいった。

「沼津には、私一人で行きます」

と、沢木は、いった。

「犯人は、一人でと、いって来ていますからね。それから、沼津の警察には、捜査を止めるように、いってくれませんか」

「内密に調査をするように、いってあるのですがね」

「私は、彼女の命が心配なのです。仲間を殺すような人間なら危くなれば、簡単に、

彼女を殺します」

「よろしい。沼津の警察に連絡しましょう」

「それから、行く前に、さっきの三人の写真を見ておきたいのです」

「写真なら、ここにありますよ」

五十嵐刑事は、ポケットから、三枚の写真を取り出して、沢木の前に置いた。

三枚とも、あまり鮮明な写真ではなかった。だが、男たちの顔を覚えるには、充分に役に立ちそうだった。

沢木は、写真を、内ポケットに納めた。


十月十日の午後、沢木は、沼津に着いた。

沢木は、戦時中、一度だけ沼津に来たことがあった。が、二十何年ぶりに来てみると、その発展ぶりに驚かされた。

旭ホテルは、すぐわかった。五階建の大きなホテルだった。

沢木は、三階に部屋を取った。二百万円の入った鞄は、フロントに預けた。

宿帳には、ちゃんと本名を書いた。これで、万事、相手の指図通りに動いたわけである。あとは、犯人の出方を待つより仕方がない。

沢木は、夕食をとるために、食堂に降りた時、それとなく、食堂に集った泊り客の顔を見渡した。

季節外れのせいか、泊り客の数は少かった。その少い泊り客の中に、三人の男の顔を発見することは、できなかった。

(犯人は、このホテルに、来ていないのだろうか?)

それが、当然のことのようにも、不自然のようにも思えた。

夕食をすませると、沢木は、自分の部屋に戻って、沼津周辺の地図を広げた。

小野由紀子は、沼津市内の何処かに、檻禁《かんきん》されているのだろうか。犯人が、沼津を指定し、軽井沢で、彼女が、「ヌマヅ」と口紅で書き残したことから考えて、その可能性は強い。

だが、沼津からは、伊豆《いず》の西海岸の港に、船が通っているし、海岸に沿って、道路も走っている。金を受け取る人間だけが、沼津へ残っていて、小野由紀子は、西伊豆の何処かに運ばれている可能性もあるのだ。

(どちらの可能性が強いだろうか?)

考えたが、判断がつかなかった。

その日は、犯人から、何の連絡もないままに、終った。

翌日、沢木は、電話の音に、眼を覚ました。部屋の中は、もう明るかった。枕元《まくらもと》の時計は、十時に近い。

（犯人からだろうか）

沢木は、手を伸ばして、受話器を、わし摑《づか》みにした。が、耳に聞こえたのは、間伸びした男の声だった。

「こちらは、フロントですが」

と、男の声だった。

「沢木さまですね？」

「そうだが」

「貴方《あなた》さまに、お手紙が来ております」

「手紙？　すぐ行く」

沢木は、受話器を置くと、手早く服を着て、部屋を飛び出した。階段を駈《か》け降りて、フロントに行くと、

「これで、ございます」

と、一通の封書を、手渡された。前の二通と同じ白封筒だが、「旭ホテル、沢木様」

と書かれた文字は、違っていた。

（小野由紀子の字だ）

と、思った。

封筒には、消印がない。

「これを、誰が？」

と、きくと、フロントの男は、

「子供です」

と、いった。

「子供が持って来て、置いて行ったのです」

「その子供は」

「もう帰りましたよ」

「何処の、何という子供かわからないかね？」

「さあ」

と、フロントの男は、首をひねってしまった。

「五歳ぐらいの男の子でしたがね。一寸《ちょっと》、わかりませんね」

「それならいい」

沢木は、あきらめて、封筒を開いた。

〈私は、無事です。

でも、お金が手に入らないと、私を殺すといっています。だから、二百万円を、渡してやって下さい。

警察には、絶対に知らせないで。私が殺されてしまいます。今夜、十時に、二百万円を持って、岸壁に来て下さい。

私を助けて〉

間違いなく、小野由紀子の筆跡であった。沢木は、封筒をポケットに入れて、部屋に戻ったが、どうすべきかに、迷った。

手紙には、警察に知らせないでくれと、書いてある。だが、そうした方が、彼女を助けることになるだろうか。かえって、犯人たちの思う壺《つぼ》にはまることではないのか。

夜の十時なら、今から東京に電話をかけて、五十嵐刑事を呼ぶことも出来る。冷静に考えれば、そうするのが、一番正しい方法だろう。

沢木は、テーブルの上の電話に、手を伸ばしかけて、途中で止めてしまった。どうしても、手紙の文句に、引っかかってしまうのだ。警察は、上手く立ち廻ってくれるだろうが、やはり万一ということがある。捜査一課の刑事が、沼津に来たことがわかれば、小野由紀子は、殺されるだろう。

沢木は、電話を掛けることを、断念した。

沢木は、九時過ぎに部屋を出た。万一のことを考え、手紙とホテルに来てからのことを書いたメモを、電話の下に挟んで置いた。自分が殺されることがあっても、警察が、これを見つけてくれるだろう。

ホテルの前で、車を拾った。

車が、市の中心地を離れると、急に、周囲が暗くなった。戦後、発展したといっても、やはり、東京に比べれば、はるかに小さな町だった。

二十分ほど走って、車が止った。近くに、松林が見え、波の音が聞こえた。

「待ちましょうか？」

と、運転手がいうのへ、沢木は、首を横にふって見せた。

車が走り去ってしまうと、沢木は暗闇《くらやみ》の中に、ぽつんと一人取り残された。

まばらに人家があるのだが、どの家も、もう明りを消してしまっていた。

沢木は、金の入った鞄を、しっかりと抱えて、波の音のする方に向って、歩き出した。

風が強かった。大きな倉庫を廻って、岸壁に出ると、身体が飛ばされそうな風だった。

船の姿も、人影もなかった。

（本当に、犯人は、現われるのか？）

沢木がすかすようにして、周囲を見廻した時、倉庫のかげから、人影が現われた。

男のようだった。ゆっくりと近づいて来て、沢木の前で止った。

痩《や》せた、背の高い男だった。その顔に、沢木は、見覚えがあった。あの写真の中の一人だ。名前は、確か、木田五郎――

「沢木さんかね？」

と、男がいった。

「そうだ」

「金は、持って来たろうね」

「その前に、彼女は、無事かどうかききたい」

「ぴんぴんしてるさ」

男は――木田五郎は、にやっと笑った。

「金を渡して貰おうか」

「彼女と引きかえにして欲しい」

「金を渡せば、彼女は、ちゃんと帰すよ」

「信用できるという証拠は?」

「俺たちを、信用すればいいのさ」

「金は、彼女と引きかえだ」

沢木は、相手を睨《にら》みつけるようにして、いった。が、その瞬間、不覚にも、相手が一人でないことを、忘れてしまった。

いきなり、後から、殴りつけられた。

眼の前が暗くなり、沢木の身体は、ゆっくりと前へ崩れ折れた。

気絶していた時間の、正確な記憶はない。

眼を開いた時、沢木に見えたのは、白い天井と、自分を見下している幾つかの顔だった。その中に、五十嵐刑事の顔もあった。

「気がついたようですね？」

刑事が、いった。

「此処《ここ》は？」

「沼津市内の病院です。私は、十時頃、沼津に着いたんだが、旭ホテルで、貴方《あなた》のメモを見たのです。それで、岸壁へ行ってみたら、貴方が倒れていたのです」

「不覚でした」

「相手を見ましたか？」

「ええ。一人は。そいつと話しているうちに、もう一人に、後から殴られたんです」

「貴方に喋《しゃべ》った人間は、あの三人のうちの一人でしたか？」

「ええ。確か、木田五郎という男です。間違いありません」

「その木田とは、どんな話を？」

「どうも、こうもありません」

沢木は、眉《まゆ》をしかめて見せた。

「彼女は、無事だから安心しろとか、金と引きかえにとか押問答をしているうちに、いきなり殴られたんですから。捜査のヒントになるようなことは、一つも、聞けませんでした」

「失敗でしたな」

五十嵐刑事は、難しい顔で、いった。

「あの手紙を受け取ったとき、我々に、知らせて下さるべきでしたね」

「わかっています」

と、沢木は、いった。

「一度は、貴方に電話することを考えたんです。しかし、彼女が殺されたらと、それが不安で、とうとう連絡できなかったのです」

「お気持は、わかりますが、失敗は失敗です」

五十嵐刑事は、冷酷ないい方をした。

「これで、いよいよ、小野由紀子さんが、危険になりましたね」

「彼女を殺すというのですか？」

「犯人は、二百万の金を手に入れました。あとは、足手まといの彼女を殺すだけですからね」

「しかし――」

「貴方はまさか、金を渡せば、大人しく相手が、彼女を帰すと思っているわけではないでしょうね？」

五十嵐刑事は、皮肉な眼付きになって、沢木を見下した。沢木は顔を赧《あか》くした。

「それは、そうですが、相手が、味をしめて、もう一度、金を要求してくることも、考えられると思いますが――」

「考えられなくはありませんが」

五十嵐刑事は、冷たい口調で、いった。

「可能性は、殆《ほとん》どないでしょうね。二度も危険を冒《おか》すほど、馬鹿とは思えませんからね」

「これから、どうするのです？」

「公開捜査に踏み切ります」

「公開捜査？」

沢木は、思わず、ベッドの上に、起き上ってしまった。

「そんなことをしたら、彼女に、死刑の宣告をするようなものです」

「金を渡した瞬間から、死刑の宣告は、下されているのですよ」

と、刑事は、いった。


「小野由紀子誘拐さる」の記事が出たのは、翌日の夕刊だった。

沢木が、暗い顔で、その記事を読んでいると、病室のドアが開いて、五十嵐刑事が、入ってきた。

「歩けますか？」

と、刑事は、入ってくるなり、いった。

沢木は、うなずいて見せた。

「じゃあ、私と一緒に来て下さい」

と、五十嵐刑事がいう。

「貴方に、見て頂きたいものがあるのです」

「何ですか？」

「死体です」

「死体？」

一瞬、沢木の顔が、蒼白《そうはく》になった。

「まさか。まさか、小野由紀子が、殺されたんじゃないでしょうね？」

「違います」

「――」

沢木は、ほっとして、ベッドをおりた。支度をして、外へ出ると、病院の前に、沼津市警のジープが待っていた。

二人が乗ると、ジープは、夕闇《ゆうやみ》の立ち始めた街中を、南に向って、走り出した。

「死体は、男です」

五十嵐刑事は、走るジープの中で、説明した。

「一時間ほど前、水死体が発見されたのです。殴られてから、水に落された形跡があるのです」

「今度の事件に、関係のある男ですか？」

「そうです。木田五郎です」

「木田五郎が——」

「ですから、貴方にも、念のために、死体を見て頂きたいのです」

ジープは、岸壁の近くで止った。岸壁の隅に小さな人垣が出来ていた。そこだけが、明るく照明されていた。

沢木は、五十嵐刑事の後について、その人垣の中に入った。

死体には、すでに、ムシロが、かぶせてあった。五十嵐刑事が、そのムシロを上にあげて、沢木を見た。

蒼白《あおじろ》く濡《ぬ》れた男の顔が、そこにあった。

「間違いありません」

と、沢木は、こわばった声で、いった。

「私が昨日会ったのは、この男です」

第三の殺人

今度も、犯人の仲間割れが、起きたのだろうか。

「他に、考えようはありませんね」

と、五十嵐刑事は、沢木に向っていった。

「ある意味では、いい傾向です」

「と、いうのは？」

「犯人が、自滅する可能性があるからです」

「小野由紀子はどうなるんです？」

「これは、私の個人的意見ですが――」

五十嵐刑事は、相変らず、慎重ないい方をした。

「彼等の仲間割れの原因は、金の他に、小野由紀子さんにあるのかも知れません」

「――」

「軽井沢では、まだ、金が手に入らないのに、仲間割れを起こしています。あの場合は、彼女以外に、一寸《ちょっと》、理由が考えられません」

「彼女を、自分のものにしようとしてですか？」

「そうです。彼等にしてみれば、高嶺《たかね》の花だったスターが、自分の傍らにいるわけですからね。ですから、この想像が当っていれば、彼女は、まだ無事だと思います。それに、彼女が、上手《うま》く立ち廻ってくれれば、無事に助け出せるチャンスもあります」

「――――」

沢木の頭に、ふと、映画の一シーンが浮び上ってきた。よくあるシーンだった。美しい女が、悪者に捕まる。悪人たちは、その女を独占しようとして仲間割れを起こし、一人一人死んでゆくのだ。そして、最後は、美女は救われて、ハッピーエンドになる。だが、それは、映画の上のことだ。現実の事件ではそんな風に、上手《うま》くは、いくまい。

「彼女を助け出せる自信は、あるのですか？」

と、沢木は、五十嵐刑事に、嚙《か》みついた。

「警察は、どんな調査を進めているんです？」

「全力を尽くしています」

五十嵐刑事は、静かな調子で、いった。

「その結果に期待して頂くより仕方がありませんね」

「具体的に、どんな調査を？」

「沼津周辺に、非常線が張られています」

「しかし、奴等《やつら》はもう、沼津にいないかも知れませんよ。いやいない可能性の方が強い」

「勿論、その方の手配もしてあります。沼津から、彼等が行く可能性のある場所の調査もです」

「沼津にいないとしたら、何処に行ったと思うんです？」

「恐らく――」

と、五十嵐刑事は、沢木の顔を見て、いった。

「伊豆《いず》でしょう」

五十嵐刑事の推測が当っていたことが、三日後の十月十五日になって、判明した。伊豆の西海岸で、男の死体が発見されたという報告が、沼津市警に入ったからである。

場所は、波勝崎《はがちざき》の近くで、中尾与一らしいという。

波勝は、伊豆半島の先端に近い景勝の地である。

沢木は、五十嵐刑事と一緒に、沼津市警のジープに乗せて貰って、現場に急行した。

西海岸の道は、整備が悪く、狭い。現場に着いた時には、沢木は、ゆられすぎて、身体が痛くなっていた。

波勝崎近くは、断崖《だんがい》が続き、「波勝の赤壁」の名前がある。岩肌が、赤褐色だからである。美しい景色だが、死体があったとなると、この景色も、妙に、暗く見えた。

死体は、断崖の上に、引き揚げられていた。地元の巡査が、五十嵐刑事たちを迎えて、死体が発見された時の事情を説明した。

発見者は、地元の漁師で、断崖の下に、転がっていたという。

沢木は、五十嵐刑事の横から、死体を覗《のぞ》き込んだ。確かに、写真で見た中尾与一に違いなかった。顔が傷だらけのところを見ると、崖の上から、突き落されたのかも知れない。

「これで、残ったのは渡辺雄吉一人か」

五十嵐刑事が、ぼそっとした声で、いった。

「その男が、彼女と、二百万の金を、独り占めにしたわけですね」

沢木が、横からいった。

「そして、その男は、この伊豆半島にいる」

「そうだと、いいですがね」

五十嵐刑事は、考える顔で、いった。

第四の殺人

沢木たちが、波勝崎で、中尾与一の死体を調べ終り、ジープに乗り込んだ時、地元の巡査が、あたふたと駈《か》けてきて、五十嵐刑事を呼び止めた。

「駐在所に、沼津から、電話が、掛かっておりますが」

と、告げた。

五十嵐刑事は、ジープを降りて、巡査を追って行った。十分ほどして戻ってきたが、その顔は、ひどく緊張していた。

「伊豆スカイラインコースというのが、あるそうですね?」

五十嵐刑事は、せかせかした口調で、沼津市警の巡査に、きいた。相手は、うなずいた。

「天城山《あまぎさん》、大室山《おおむろやま》を通って、熱海《あたみ》峠から、箱根へ抜ける有料道路ですが、それが、どうかしたのですか？」

「渡辺雄吉と、小野由紀子を乗せた車が、そのコースを通ったというのです」

「本当ですか？」

沼津市警の巡査が眼をむき、沢木も、思わず、嶮《けわ》しい眼を、五十嵐刑事に向けた。

「本当です。車は、下田の方向から、途中のインターチェンジに入り、熱海方面に向かったということです」

「行ってみましょう！」

沼津市警の巡査が、甲高い声で、いった。

ジープは、猛烈な勢いで、走り出した。

ジープは、湯が島に出て、そこから、インターチェンジに向った。

そこで、車を止めると、五十嵐刑事が、係員に、声をかけた。

「警察に電話して下さったのは？」

「僕です」

と、若い係員は、紅潮した顔で、うなずいて見せた。

「二人を見たのですね？」

「ええ。最初は、誰だか、わかりませんでした。二人とも、サングラスをかけていましたからね」

「気がついたのは？」

「これです」

係員は、料金箱の横に、一枚だけ別にしてあった千円札を、手にとって、五十嵐刑事に渡した。

「料金は、女の人が払ったんですが、その千円札を、何気なく見たら、そこに、字が書いてあって――」

五十嵐刑事は、その千円札を、沢木に見せた。

千円札の裏に、エンピツで、次の言葉が、走り書きしてあった。

〈助けてください。小野由紀子〉

「彼女の筆跡ですか？」

「間違いありません」

沢木が、うなずいて見せると、五十嵐刑事は、係員に視線を戻して、

「この文字を見つけて、警察に、電話してくれたのですね？」

「ええ。それから、この先のインターチェンジにも、電話しました。車の型式や、二人の様子をいって、もし通ったら、連絡してくれと、電話したんです」

「それで？」

「まだ、連絡がありません」

「ない」

五十嵐刑事は、首をかしげた。

「ここを、二人が通ったのは、どの位前ですか？」

「もう、五、六時間前になります」

「それなのに、次のインターチェンジから、連絡がないのは、おかしくありませんか？」

「ええ。おかしいと思いました。普通に走れば、四十分くらいで、次のインターチェンジに着く筈《はず》ですから、それで、ついさっき、もう一度、電話してみたんですが、まだ、そんな車は、通らないと、いうんです」

「見落すということは、考えられませんか？」

「そんなことは、ないと思いますが――」

係員が、いった時、近くで、電話が鳴った。青年は、受話器をつかんだ。

「え？　車が――？」

係員は、甲高い声をあげた。受話器を置いて、五十嵐刑事や沢木の方を向いた係員の顔は、興奮していた。

「天城の先で、車が見つかったそうです。崖から落ちて、めちゃめちゃだそうです」

「それで、乗っていた二人は？」

沢木が、咳《せ》き込んで、口を挟んだ。係員は、首をふった。

「乗っていた人のことは、いってませんでした」

「とにかく、行ってみましょう」

五十嵐刑事が、いった。

ジープは、有料道路を、八十キロ近いスピードで、天城山に向った。

天城連峯《れんぽう》の尾根を走るスカイラインコースは、左右に、素晴しい展望が開ける。が、沢木には、その風景を楽しむ余裕はなかった。五十嵐刑事にしても、同じ気持だったに違いない。

「あそこらしい」

と五十嵐刑事が、ふいに、前方を指差して、いった。

車が、四台ほど、一か所に集っていた。小さな人垣も出来ている。

ジープが、そばに寄って止まると、沢木は、五十嵐刑事に続いて、飛び降りた。

十メートル近い崖下《がけした》に、めちゃめちゃにこわれた車が、転がっていた。まだ、くすぶっている。

「乗っていた人間は？」

五十嵐刑事は、そこにいた人々の顔を、見廻した。

「誰か知りませんか？」

「病院に運んで行きましたよ」

と、小型トラックのそばにいた、ジャンパー姿の男が、いった。

「あの女の人、女優の小野由紀子じゃなかったかしら——」

若い女が、ひとり言みたいにいい、誰かが「そうだ、小野由紀子だ」と、大きな声で、いった。

「それで——」

と、五十嵐刑事は、もう一度、人々の顔を見廻した。

「二人の様子はどうでした？」

「男は、もう駄目だったんじゃないかな」

一人が、いった。

「医者が、首をふってたから」

「女の方は、どうでした？」

沢木が、相手の眼を見て、きいた。

「女の方は、助かりそうですよ」

と、相手がいう。

「担架で運ばれるとき、元気に喋《しゃべ》ってましたからね」

「運ばれた病院は、どこか、わかりませんか？」

「伊東の病院へ運ぶとか、いってましたがね」

その言葉で、沢木たちは、また、ジープに乗った。現場には巡査を一人だけ置いて、ジープは、伊東に向った。

伊東に着いた時、すでに夕暮に近かった。

救急病院は、すぐわかった。ジープを横付けにすると、五十嵐刑事と沢木は、大股《おおまた》に、病院に入った。

五十嵐刑事が、受付に、警察手帳を見せると、すぐ、医者を呼んでくれた。初老に近い年齢の医者である。

「二人は？」

と、五十嵐刑事がきくと、医者は、冷静な口調で、

「男は、死にました」

と、いった。

「発見された時、すでに死んでいたといってもいいでしょう」

「女は？」

「女の方は、助かります。左腕を骨折していますが、全治一か月といったところですかね。ただ、非常に興奮しているので、鎮静剤を与えて、今は、眠っています」

「病室は？」

と、沢木がきいた。

「二階の二一号室ですが、今いったように、眠っていますから――」

「だが、一寸、顔を見たいだけです」

沢木は、いった。五十嵐刑事は、医者に、

「私は、死んだ男の方を、見せて頂きましょうか」

と、いった。

病室に、明りはついていなかった。沢木は、薄暗いベッドの上に、眠っている小野由紀子を見た。

久しぶりに見る由紀子の顔は、心労のためか、続いた恐怖のためか、頰《ほお》がこけて、別人のように見えた。

毛布の外に出ている左手は、部厚くホウタイが巻かれている。

（こんな彼女を見るのは、初めてだな）

と、思った。いつもは、傲慢《ごうまん》に近い、スターとしての小野由紀子しか見ていない。スターでない時の彼女が、どんな顔をしているのか、見たこともないし、また、知りたいと思ったこともなかった。

それが、今、小野由紀子は、化粧が落ちた、疲れ切った、一人の女の顔で、眠っている。

（本当の彼女は、一体、どんな女なのだろうか？）

ふと、そんなことを、沢木は考えた。彼女が助け出されて、ほっとしたせいかも知れない。それとも、今の沢木は、マネージャーとしての眼ではなしに、小野由紀子を見ているせいだろうか。

病室のドアが開いて、五十嵐刑事が、入ってきた。

「どうです？」

と、横に立ってきく。

「まだ、眠っています。男の方は、どうでした？　やはり、渡辺雄吉でした？」

「ええ」

と、五十嵐刑事は、うなずいた。

「渡辺雄吉です。顔が、焼けただれていましたが、彼に、間違いありません」

「焼けただれて？」

「そうです」

「しかし、彼女の方は、ヤケドをしていませんが？」

「それは、こういうことだと思うのです。車が、崖《がけ》から転がり落ちた時、助手席にいた小野由紀子さんは、飛び出したので、左腕骨折ですんだ。だが、渡辺雄吉の方は、最後までハンドルにしがみついていたので、死んだ」

「何故、そんなことを？」

「恐らく、二百万のためでしょうな」

五十嵐刑事が、苦笑した。

「医者の話では、二人の所持品はなかったということですから、二百万は、車と一緒に燃えてしまったのだと思います」

「二百万円が灰に？」

「小野由紀子さんぐらいのスターなら、すぐ、また、稼ぎ出せるでしょう」

五十嵐刑事は、軽い皮肉をこめて、いった。

「刑事の私には、逆立ちしても、無理な大金ですがね」

「――」

沢木は、黙って、小野由紀子に、眼を向けた。

これで、ともかく終ったのだと思った。四人目の男が死んで誘拐事件は、終ったのだと――

過去を追う

事件は終った。と思ったが、マスコミにとっては、それから事件が始まったのだといってもよかった。

翌日になると、伊東の病院に、新聞、週刊誌の記者を始め、テレビの報道陣までが、大挙して、押しかけてきた。

有名スターの誘拐事件なのだ。マスコミが放っておく筈《はず》はないと沢木にもわかってはいたが、それでも、凄《すさ》まじい取材ぶりに、沢木はうんざりした。

小野由紀子は、ベッドの上で応対したのだが、女優であったせいか、割に落ちついて、誘拐されてからの経過を話した。

あの四人は、全然、知らない男で、向うは、彼女の主演した映画「殺さないで」を見て、誘拐を企《たくら》んだ。

事件の朝、若い男から電話が掛かってきて、池袋に住む母が、交通事故を起こしたので、すぐ病院へ来てくれといった。あわてて、家を飛び出すと、路地に止っていた車から、急に二人の男が降りて来て、彼女の腕を取って、車に押し込んだ。

その車に、四人の男がいた。それから、中軽井沢の空別荘へ連れていかれた。

そこで、四人の計画を知ったのだが、彼女のことで仲間割れして、一人が、殺されてしまった。

彼女は、軽井沢から、沼津へ移された。軽井沢の空別荘を出る時、スキを見て、浴室の壁に、口紅で、「ヌマヅ」と書いた。

沼津では、市外の空家に閉じこめられていた。そこで、旭ホテルの沢木宛に手紙を書かされた。一人が、彼女の監視に残り、他の二人が、金を受け取るために、岸壁に行ったが、帰ってきた時は、一人だった。もう一人は、足をふみ滑らせて、海に落ちたと、帰ってきた男が、いったが、由紀子は、信用しなかった。二百万の分け前のことで、殺したのだと思った。

彼女の監視のために、空家に残っていた男も、彼女と同じように考えたらしい。残った二人の男、渡辺雄吉と、中尾与一の間に、険悪な空気が生れた。

その空気が、伊豆へ逃げる途中で、爆発し、渡辺雄吉は、中尾与一を、波勝の近くで、崖から、突き落して、殺した。

残った渡辺雄吉は、東京に舞い戻ろうと、彼女を連れて、伊豆スカイラインへ入った。由紀子は、千円札の裏に「助けて」と書いて、インターチェンジで渡した。

そのことが、途中で、渡辺雄吉に、わかってしまった。渡辺は、危険を感じたとみえて、スピードを上げた。そして、ガードレールを飛び越えて、崖下に転落した。

由紀子は、夢中で飛び出したが、渡辺は、車を燃やしては、二百万が灰になることを心配したのか、最後まで、ハンドルを放さなかった。

小野由紀子が話したのは、大体、そんなことだった。

新聞も、週刊誌も「スター誘拐事件」として、大々的に、扱った。女性週刊誌の中には、彼女が、誘拐されている間、果して、身体を奪われたかどうかと、そればかりを、しつこくきく記者もあったが、由紀子は、その質問には、返事をしなかった。

S映画では、早速、彼女を主役に、この誘拐事件を、映画化すると発表した。

彼女はスターだったが、この事件で、人気が倍増した感じだった。二百万の金も、宣伝費と考えれば、失っても、惜しくはないかも知れない。

事件から、半月ほどたって、凄《すさ》まじいマスコミ攻勢も一段落して、沢木の周囲も、静かになった。

沢木は、そんな時、伊東の病院で見た、小野由紀子の顔を思い出した。スターでない、素顔の彼女を、知りたいと思った。

沢木は、彼女が、スターになってから、マネージャーになった。だから、スターになる前の彼女は知らなかったし、彼女も過去を話したがらなかった。

沢木が、知っているのは、簡単な彼女の略歴だけである。

昭和十一年十月六日生れ。

池袋第三高校卒業
昭和三十年S映画入社

こんなところである。長い大部屋生活があったことは知っているが、その他のことは、殆《ほとん》ど、知らなかった。

小野由紀子が退院して、東京の自宅に戻り、沢木も、東京に帰った時、彼女の知らなかった部分を、急に知りたくなった。

沢木は、池袋第三高校を訪ねてみた。

小野由紀子は、いまや、この学校の「誇らしき卒業生」であるらしい。校長は、にこにこと笑いながら、沢木を迎えてくれた。

「学校時代から、花形でしたよ」

と、校長は、いった。

「男子生徒の憧《あこが》れの的でしたな」

沢木にも、わかる気がする。彼の高校時代にも、そんな女生徒がいたものだった。

校長は、卒業生のアルバムを取り出してきて、沢木に見せた。

小野由紀子の顔は、すぐわかった。やはり、目立つ顔立ちをしている。

写真の横に、一人一人名前が書いてある。彼女のところには「小野由木子」とあった。

沢木は、妙な気がした。芸能欄には、「小野由紀子。本名も同じ」と書かれているからである。彼女自身も、沢木に、本名を、そのまま芸名にしたといっていたのだ。

確かに、本名も同じだが、「紀」が「木」になっている。

「この木の字は、これで、いいんですか？」

沢木がきくと、校長は、うなずいた。

「確かに、それでいいんですよ。そういえば、今の芸名は、紀になっていましたね。あの字の方が、スターらしいですね」

「――――」

沢木の頭に、別な考えが浮かんでいた。

上野と、中軽井沢の伝言板にあった文字のことである。

あれには、確か、「由紀子」ではなく、「由木子」とあった。

あれは、犯人が、偶然、間違えたのだろうか？

それとも――

学校を出てからも、同じ疑問が、沢木を捕えて離さなかった。

　由紀子を、由木子と間違えて書くことは、あり得るかも知れない。だが、問題は、書き違えた理由である。何気なく書き違えたのなら、問題はない。だが、彼女の本名を知っていて、書き違えたのだとしたら――

　犯人は、彼女と親しかったことにならないか。芸能欄には、「本名も同じ」としか書いてないのだから、由木子と知っているのは、余程、親しいと思わなければならない。

（もし、犯人が、彼女と親しい関係にあったとしたら）

　明らかに、彼女は、嘘をついたことになる。犯人たちには、初めて会ったと、いったのだから。

　沢木は、足を止めて、周囲を見廻した。陽が落ちて、ネオンが輝き始めていた。沢木は、犯人の一人、井上照夫が、新宿のバーで働いていたことを思い出した。店の名前は、確か「アカネ」だった。

　沢木は、タクシーをとめて、新宿に走らせた。

　バー「アカネ」は、三越の裏にあった。中に入って、沢木が井上照夫の名前をいうと、暇を持て余していたらしいホステスが三人ほど、彼のまわりに寄ってきた。あの事件のことが、ここでも話題になっていたからだろう。

「井上照夫のことを、詳しく話して貰《もら》いたいのだ」

と、沢木は、いった。

「前から、小野由紀子のことを、何かいっていたかね」

「そうねえ」

二人のホステスが思案顔になったが、他の一人が、

「あたしは、一寸《ちょっと》、聞いたことがあるわ」

と、いった。沢木は、そのホステスに視線を向けた。

「聞いたというのは、何を？」

「小野由紀子のことよ。あたしが、ファンだって、いったら、会わせてやろうかって。スターになる前の彼女を、知ってるような口ぶりだったわ」

「それだけ？」

「ええ」

その店で、聞き出せたのは、それだけだった。

沢木は、外へ出た。が、疑問は深まりこそすれ、消えてはくれなかった。

井上照夫が、スターになる前の小野由紀子を知っていたとしたら、他の三人も、同じだったのではあるまいか。あの四人はチンピラ時代から、仲間だったというのだから。

沢木は、二人目の木田五郎のことを、調べたくなった。

沢木は、翌日、警視庁に、五十嵐刑事を訪ねて、木田五郎や中尾与一たちの経歴をきいた。

五十嵐刑事は、手帳にメモしたものを、見せてくれてから、

「何故《なぜ》、そんなことを調べるんですか？」

と、妙な顔で、きいた。

「あの事件は、もう、終ったのですよ」

「それは、そうですが――」

沢木は、あいまいに、誤魔化した。

「映画化するのに資料になると思いましてね」

木田五郎は、渋谷のソープランドで、支配人をしていたという。沢木は、その店を

訪れてみた。

木田と親しかったという、二十五、六のソープ嬢が、沢木に会ってくれた。

「木田が、スターになる前の小野由紀子を知っていたなんて話聞いたことがないわ」

と、女は、眼を丸くして、いった。

「それ、本当なの？」

「いや、噂《うわさ》を聞いたんで、聞きに来たのさ」

沢木は、あわてて、いった。

「聞いてなければ、それで、いいんだ」

「でも、誘拐なんて、大それたことをやったものね。死んだからいうわけじゃないけど、あんな大悪党とは思ってなかったわ。小悪党だとは、思ってたけど」

「小野由紀子を誘拐するという話を、木田から聞いたことは？」

「ないわ」

「彼とは、親しかったんじゃないの？」

「そりゃあね。一緒に暮したこともあるわ。だけど、誘拐の話なんて、全然――」

「金儲《かねもう》けの話は？　近く、大金が入るというような話をしたことは、なかった」

「金儲けねえ――一度だけ、そんな話をしたことがあったわ。もう、二か月近く前のことだけど」

「二か月前？」

「ええ」

「それで？」

「あたしを、儲かったからって、北海道へ連れてってくれたわ」

「儲かった？　それじゃ、今度のことじゃないんだな」

「そうよ。二、三日いなくなったかと思ってたら、得意気な顔で帰ってきて、あたしに、札束を見せてね。世の中なんか甘いもんだなんて、いってたわ。話の様子じゃ、誰かを脅かして、巻き上げたらしいけど」

「誰を？」

「わかんないわ。教えてくれなかったもの」

「二か月前か――」

沢木の頭に、ふと、ある記憶が浮かび上ってきた。

小野由紀子が、以前に、失踪《しっそう》した時のことだった。あの時、彼女は、二、三日して、ケロリとした顔で現われて、友達の家にいたのだといった。あれは、確か、今から、二か月ほど前だった。

それに、同じ頃、百万円の金が、預金通帳から、下されている。

（これは、偶然の一致なのか？）

中尾与一と、渡辺雄吉は、事件当時、定職を持っていなかった。

だが、渡辺雄吉の方は、バーに勤める女と、同棲《どうせい》していた。

沢木は、山下サチ子というその女を、郊外のアパートに訪ねてみた。

背の高い、きつい顔をした女だった。

最初は、「何も話すことなんかないわ」と、ぴしゃりと、ドアを閉められてしまった。

が、二度、三度と、ドアをノックすると、渋々、部屋に入れてくれた。

「死んだ渡辺雄吉のことで、ききたいことがあってね」

と、沢木は、いった。

「よかったら、話して欲しい」

「渡辺の何を知りたいの？」

山下サチ子は、怒った声できいた。

「あたしと渡辺の関係？」

「そのことなら、知っている。私の知りたいのは、渡辺と、小野由紀子の関係だ。彼は、前から、彼女のことを、知っていたんだろうか？」

「それをきいて、どうするの？」

「どうするって――」

「ただ、きくだけなら、答えたくないわ」

「それは、何の意味だね？」

「面白半分の質問には、答えたくないってことよ」

「私は、別に、面白半分に、きいてるわけじゃない。それなら、わざわざこんなところまで、君に会いには来ない」

「信じられないわ」

「信じて欲しいね」

「それなら、あたしのいうことを、信じてくれるの？」

「何を？」

「あたしが、渡辺は、小野由紀子を誘拐したりなんかしないといったら、それを、信じる？」

「――」

「やっぱりね。だから、あたしは、誰にも、話したくないのよ」

「信じるといったら、話してくれるのか？」

「本当に、信じてくれるのなら」

「正直にいう。いきなり、渡辺は誘拐したんじゃないといわれても、信じられない。だが、信じられるだけの証拠があれば、君の言葉を信じる」

山下サチ子は、暫《しばら》くの間、黙って、沢木を見つめていたが、「いいわ」と、ふいに、いった。

沢木を信用したというより、誰かに話したいことが、心の底にあったからだろう。

「今もいったように渡辺は、小野由紀子を、誘拐したりなんかしないわ」

「しかし、事実は、誘拐している」

「だから、あれは、何か、カラクリがあるのよ」

「君は、何故《なぜ》、誘拐じゃないと思うんだ？」

「その必要がないからよ」

「必要がない？」

「そうよ」

「意味がわからんね。金には困ってた筈《はず》だろう？　仕事がなかったんだから」

「でも、金が入る手づるはあったのよ」

「どんな？」

「小野由紀子よ」

「じゃあ、やはり、誘拐したんじゃないか」

「違うわ。誘拐みたいな危険なことをしなくても、金は、手に入ったのよ」

「小野由紀子を、脅迫するのか？」

「何故、知ってるの？」

「当て推量で、いっただけさ。本当に、彼女を脅迫したのか？」

「そうよ。現に、渡辺は、小野由紀子から、二か月前に、大金を巻きあげてるのよ。井上や、木田なんかと一緒に」

「巻きあげた金は、百万？」

「ええ、どうして、知ってるの？」

「私は、小野由紀子のマネージャーだからね」

「それなら、今度の事件に、何かカラクリがありそうなことくらい、わかりそうなもんじゃないの」

「さあね」

「いいこと」

山下サチ子は、膝《ひざ》を乗り出した。

彼女が、熱心になればなるほど、沢木の心は、暗く、重くなっていった。

だが、ここまで来て、引き返すことも出来なかった。

「いいこと――」

サチ子は、同じ言葉を繰りかえした。

「渡辺や、木田たちにとって、小野由紀子は、金の成る木だったのよ。ゆすれば、相手はいくらでも、金を出すっていってたわ。それなのに、何故、誘拐したりする必要があるの。そんなことをしたら警察に追われるだけじゃないの」

「小野由紀子は、何故、渡辺や木田たちに、金をやらなければならなかったんだ？　どんな弱味を握られていたんだ」

「昔のことよ」

「昔というと？」

「渡辺たちが、池袋で与太っていた頃、小野由紀子も、仲間に入っていたのよ」

「本当か？」

「渡辺は、そういってたわ。グループの女王みたいな存在だったそうよ。一緒に、窃盗みたいなことや、ゆすりめいたこともしたそうよ」

「それが、脅迫のタネか？」

「そうよ」

と、山下サチ子は、いった。

「その頃の彼女は、まだ、スターの小野由木子じゃなくて、ズベ公の小野由紀子だったらしいけど」

暗い結末

小野由紀子は、あの事件以来、人気も高まり、一層、スターらしい貫禄《かんろく》がついたように見える。

問題の映画がクランク・インした日、彼女は、一通の手紙を受け取った。沢木は、その手紙を読む彼女の顔が、青ざめていくのを見た。

「一寸《ちょっと》、出かけてくるわ」

小野由紀子は、青ざめた顔のまま、沢木を見た。

「先生には、上手《うま》くいっといて頂戴」

「ええ」

とだけ、沢木は、いった。

小野由紀子は、外に出ると、タクシーを拾った。沢木も、その後を追った。

彼女を乗せた車は、多摩川の上流に向かった。

人気のない土手で止まり、車を降りた彼女は、ゆっくりと、河原へ進んだ。

沢木も、同じ場所で、タクシーを降りると、車を返してから河原に向かって、歩いて行った。

小野由紀子は、足音に驚いたように、振り向いた。が、沢木を見て、眉《まゆ》をしかめた。

「何故《なぜ》、追ってきたの」

「追ってきたわけじゃない」

と、沢木は、いった。

「約束の場所へ、来ただけのことですよ」

「約束？」

小野由紀子の顔から、血の気が退《ひ》いていった。

「まさか、あんたが、あの手紙を？」

「私ですよ」

と、沢木は、乾いた声でいった。

「私が出したんです。貴女《あなた》の真似をして、左手で書いたから、私と、気がつかなかったようですが」

「あたしの真似って、何のこと？」

「もう、嘘《うそ》をつくのは、止めなさい」

沢木は、叱《しか》るようにいったが、気持は、重かった。

「貴女は、昔のことで、四人からゆすられていた。あの日の朝の電話も、恐らく、金が欲しいという電話だったに違いない。貴女は、ゆすられ続けるのが、嫌になった。だが、過去は消すことが出来ない。だから、四人を消すことにした」

「――――」

「そのために、誘拐されたように見せかけた。四人の男は、一人ずつ、呼び出したんじゃないのか。それとも、一人一人に、軽井沢、沼津、伊豆と、会う場所を指定したのかも知れない。金と、貴女の美しさで釣れば、彼等は、貴女の指定した場所で大人しく待つに違いないからね。貴女は、まず、中軽井沢へ行って、井上照夫を殺した。そのあと、誘拐を本物らしく見せるために、浴室に、口紅でヌマヅと書いた。ただ、駅の伝言板には、貴女は、うっかり、本名の由木子と書いてしまった。あのことがなかったら、私は、貴女を疑わなかったかも知れない」

「――――」

「沼津には、木田五郎を、貴女は待たせておいた。木田には、マネージャーが、二百万の金を持ってくるから、それを受け取るようにいう。木田は、私から、岸壁で二百万を受け取った。あの時、後から私を殴ったのは、貴女に違いない。そして、油断を見すまして、木田も殴り、海に落した」

「貴女は、その足で、伊豆の波勝崎に行き、そこに待たせておいた中尾与一に会う。二百万の金を見せ安心させておけば、崖下《がけした》に突き落すのも楽だった筈《はず》だ」

「――――」

「最後の渡辺には、何処《どこ》で会ったのか、私には、わからない、恐らく、下田あたりに、待たせておいて――」

「湯が野よ」

と、由紀子が、低い声でいった。

「彼等は、金が欲しいものだから、あたしのいう通りに動いてくれたわ」

「だから、殺し易かったというわけですね。だが、いくら人間を消しても、過去は消えませんよ。それに、殺人という行為もね」

「私は、捕まらないわ」

小野由紀子は、ハンドバッグをあけると、中からピストルを取り出して、沢木に向けた。

「お止めなさい」

と、沢木は、暗い声で、いった。

「私は、警察にも、連絡しておいたのです。もうすぐ、刑事がここに来る。私を殺しても、逃げられはしない。だから——」

小野由紀子は、急に、がっくりと肩を落した。ピストルが、石の上に落ちて、鈍い音を立てた。

沢木は、ゆっくりと、後を、ふり向いた。

土手の上に、パトカーが止まり、刑事が降りてくるのが見えた。

先頭にいるのは、どうやら、五十嵐刑事のようだった。

（これで終ったな）

と、沢木は思った。

その思いは、彼の心を、ほっとさせるよりも、暗く、重いものにした。

沢木は、二つのものを、同時に失ったのだ。

マネージャーの仕事と、小野由紀子という女を。

危険な道づれ

1

旅の楽しみの一つに、出会いがある。別に、未来の恋人に出会うというような大げさなことでなくても、列車に乗ったとき、隣りの席に、誰《だれ》が座るだろうかという楽しみでもいい。

二十五歳の平凡なサラリーマンの中西《なかにし》も、旅に出ると、そんな期待に胸をふくらませる青年の一人だった。

官庁勤めをしている中西は、一年に二十日間の有給休暇を貰《もら》える。独身で、気軽な中西は、四、五日のまとまった休みをとって、旅行することにしている。

ひとり旅である。そのくせ、列車に乗るたびに、ロマンチックな空想にふけるのを楽しみにしていた。

隣りの空いた座席に若くて、ちょっとかげりのある美人が座ってくる。悲しみを旅でまぎらそうとして、ひとり旅に出る美人なのだ。何となく話しかけている中に、次第に、親しみがわいて来た。彼女は、中西に好意を持ってくる。二人は、途中の小さな駅で、おり、ひなびた小さな旅館に泊り、恋におちる。

中西は、いつも、そんなことを考えるのだが、現実は、ドラマみたいに上手《うま》くはいかないものだった。

第一、隣りの座席に、若い美女が腰をかけることなど、めったになかった。たいていは、男で、女だと思えば、婆《ばあ》さんだったりする。

時には、若い女と同席することもあったが、口べたな中西は、上手く話しかけられなかった。どうにか、声をかけても、すぐ、話が途切れてしまう。そうなると、かえって、相手と並んで腰を下していることが、苦痛になってしまうのだ。

東北に旅行したとき、こんなことがあった。

青森から、上野までの夜行列車に乗ったのだが、寝台列車ではなく、四人がけの普通の車両だった。

中西の隣りが、冴《さ》えない中年男で、前の席には、二十一、二歳の若い女が腰を下した。

平凡な顔立ちの女だった。

青森を発《た》ったのが、午後の十一時近かったが、驚いたことに、風采《ふうさい》のあがらない四十七、八の中年男が、向い合った若い女を、いきなり口説き始めたのだ。

それも、しゃれた言葉を口にしたり、気のきいた物をプレゼントするといったやり方ではなかった。ぼそぼそと、低い声で、えんえんと、自分の不幸な生活をしゃべるのである。

働きがないといって、長年連れ添った妻は自分を捨てて蒸発してしまった。会社も倒産してしまい、自分は、今、行商をして歩いていると、網棚の上の大きな荷物を指さして見せる。

女の方は、明らかに迷惑がっている。仕方なしに、聞いているという感じが明らかで、中西は、その中年男が可哀そうになったくらいだった。

中西は、疲れていたので、眠ってしまったが、午前二時頃に眼をさますと、呆《あき》れたことに、中年男は、相変らず、若い女に対して、身の上話を続けている。ポケットから、糸と針を取り出し、誰もやってくれないので、自分で、ボタンをつけたり、ほころびを縫ったりしているのだと、ぼそぼそと喋《しゃべ》っている。

それが、夜が明けて、上野駅に着くまで続いたのである。中年男は、十何時間か、ひたすら、女に向って、ぐちをこぼし続けたわけだが、中西が驚いたことに、上野駅でおりて改札口に出ると、二人は、肩を並べて、同じタクシーに乗って、どこかへ消えてしまったのだ。

中西は、この出来事から、一つの教訓を得た。女を口説くには、テクニックを弄《ろう》するより、まず、根気が大事だということである。あの冴えない中年男は、ただひたすら、自分の不遇を喋り続け、自分より二廻りも若い女を手に入れてしまったではないか。

彼に比べれば、自分には、若さがある、と中西は思った。向うは、頭の毛も薄くなっていたし、チビだった。中西の方は、もちろん頭髪はふさふさしているし、長身である。顔だって、十人並みだし、大学も出ている。

（不足しているのは、あの中年男の根気だけなんだ）

と、中西は、思った。

何か、気のきいた言葉を口にしようとするから、上手くいえないのだ。あの中年男のように、ぼそぼそと、身の上話をしてもいいのだ。とにかく、話し続けていれば、何とかなる。

中西は、三日間の休暇をとって、京都行を決めたとき、そう自分にいい聞かせた。

2

いつもは、どこへ旅行するのにも、グリーン車を使ったことがなかったのに、今回は、奮発して、グリーン券を買った。

今度の旅行で、日頃《ひごろ》夢見ているロマンスを実現させたかったからである。貯金は、二十万円ばかりおろしてきた。

ホテルも、京都グランド・ホテルを予約した。

列車は、午前十時二十四分東京発の「ひかり一二九号」にした。

十五、六分前にホームに上がり、グリーン車のとまる位置に歩いて行くと、美人歌手の島崎《しまざき》みどりが、サングラスをかけて、列車が入って来るのを待っているのにぶつかった。

(やっぱり、グリーン車にしてよかった)

と、中西は、自然に、ニヤニヤした。

島崎みどりの方は、十一号車らしく、十二号車の中西とは一緒ではないようだし、マネージャーらしい男も一緒だったが、それでも幸先《さいさき》がいいと思った。

五、六分前に、列車が入って来た。中西は、十二号車に入り、7番A席に腰を下した。

窓際の席である。

隣りに、どんな人間が来るだろうか？　若い美人ならいいが、男だったらつまらない。

そんなことを考えていると、落着けなくなった。週刊誌を買いに、ホームへおりた。

出たばかりの週刊誌を二冊と、煙草《たばこ》を買って、列車に戻った。

自分の席まで来て、中西は、「あッ」と、一瞬、息を呑《の》んだ。

7番A席に、女が腰を下していたからだが、それだけなら、別に、息を呑んだりはしなかったろう。

彼女が、素晴しい美人だったからである。年齢は、二十七、八歳だろうか。色白の顔が、この頃では珍しい和服姿によく似合っていた。それだけでなく、その女には、気品が感じられた。

近寄りがたいというのではなく、匂《にお》うような気品といったらいいのか。彼女を見ているだけで、こちらの気持が豊かになってくる感じがした。

いつもなら、相手の美しさに圧倒されて、声をかけられなくなってしまう中西だったが、今度の旅行では、何としてでもロマンスをと考えていたし、上手い具合に、相手は、席を間違えている。口をきくきっかけに苦労しなくてすむのだ。

列車が動き出したところで、中西は、「あの――」と、女に声をかけた。

「窓側は、僕の席の筈《はず》ですが」

「え？」

と、女は、眼をあげて、中西を見た。

切れ長の眼で、じっと、中西を見つめてから、彼女は、自分の切符を取り出した。

「あ、ごめんなさい」

「いいんですよ。僕は、どちらかというと、通路側の席の方が好きなんです。構わずに、そっちに座っていて下さい」

中西は、わくわくしながら、そういうと、彼女の隣りに腰を下した。

柔らかな、それでいて、甘さのある香水のかおりが、中西の鼻をくすぐった。

車掌が検札に来たときに、女の切符をのぞくと、中西と同じ京都までになっていた。

「京都へ行かれるんですか？」

「ええ」

「僕も、京都へ行くんです」

「そうですの」

「今頃、京都は、紅葉できれいだと思ってるんです」

下手《へた》くそな会話だと思いながら、とにかく、話しかけていれば、何とか知り合いになれるだろうと、中西は思った。

女は、微笑しているだけで、なかなか、中西の話し相手になってくれそうになかったが、名古屋が近くなったとき、急に、

「よかったら、ご一緒に食堂車へ行ってみません？」

と、中西を誘った。

(やっぱり、根気よく話しかけていたのが成功したんだ)

中西は、浮き浮きしながら、腰を上げ、女と一緒に、食堂車へ足を運んだ。

テーブルに向い合って腰を下すと、女は、急に、親しげに、自分の方から話しかけてきた。中西が、面くらったくらいである。

自分の名前を、芦川久仁子《あしかわくにこ》と告げ、京都には、西陣にいる友だちに会いに行くのだといった。

「あなたのお名前も教えて頂きたいわ」

「僕は、中西です。通産省に勤めています」

「じゃあ、エリートサラリーマンですわね」

「そんな。ただの小役人ですよ」

と、中西は、頭をかいた。

「京都へは、観光でいらっしゃるの?」

「ええ。正直にいうと、初めて行くんです。だから、どう見物したらいいのか、わからなくて」

「じゃあ、私が案内して差しあげましょうか？」

「え？　本当ですか？」

「ええ。私の用は、ゆっくりでもいいんですから。明日でも、一日、おつき合いしても構いませんことよ」

女、芦川久仁子は、ニッコリと、中西に向って、笑いかけた。

中西は、意外な事の成行きに驚きながら、同時に、上手く行きそうなことに、わくわくしながら、

「ぜひ、京都を案内して欲しいなあ。京都では、グランド・ホテルに泊ることになっていますから、いつでも、連絡して下さい」

「グランド・ホテル？　素敵なホテルだわ」

「そうですか。大きなホテルだというので、予約したんですが――」

「素敵なホテルよ」

久仁子は、じっと、中西を見つめていった。強い視線で見つめられて、中西は、ぞくっとしながら、グランド・ホテルにしておいてよかったと思った。

食事がすんで、中西が、払おうとすると、久仁子のしなやかな手が、つっと伸びて、

彼の財布をつかんだ手を止めた。

「私に払わせて」

「そんなわけにはいきませんよ」

「食事にお誘いしたのは、私ですもの」

「しかし――」

男だからといいかけて、中西は、袖口《そでぐち》からこぼれた久仁子の左手首に、白い包帯が巻かれているのに気がついた。

久仁子は、見られたと知って、あわてて、左手を引っ込めた。

その間に、中西は、二人の食事代を支払った。

「すいません」

と、久仁子が、いった。

「手首に、怪我《けが》でもなさったんですか？」

食堂車を出て、十二号車に戻りながら、中西は、きいてみた。

「先日、猫に引っかかれたところが、化膿《かのう》してしまって――」

久仁子は、そういい、もう治っているんですよと、いい添えた。

3

彼女と一緒にいると、新幹線の車内でも、京都へ着いて、ホームにおりてからも、人々が、振り返った。

その視線には、明らかに、軽い羨望《せんぼう》と、嫉妬《しっと》が感じられた。

「みんな、あなたを見ていますよ」

と、中西は並んで歩きながら、小声で、久仁子にいった。

彼女は、微笑《ほほえ》んだ。

「それは、あなたがハンサムだからよ」

「とんでもない」

と、中西は、笑ってから、改札口を通り抜けた。

その時、サングラスをかけた中年の男が、じっと、自分たちを見つめているのに気がついた。

新幹線の食堂車でも、ちらりと見かけた記憶がある。

「あのサングラスの男は、あなたの知り合いですか？」

と、中西がきくと、久仁子は、男の方を振り向いて、じっと見ていたが、

「いいえ。知らない人ですわ」

「それならいいんですが。これから、どこへ行かれるんです？」

「グランド・ホテル」

「え？」

「私は、京都へ来たときに、いつも、グランド・ホテルに泊ることにしているんです」

「しかし、西陣のお友だちに会うというのは――？」

「それは、ホテルに泊ってから、行くことにしているんですよ。お友だちの家に泊るのは悪いいし、ホテルが好きだから」

「じゃあ、ホテルも一緒ですね」

「ええ。だから、素敵なホテルだと申し上げたの」

久仁子は、微笑んだ。中西は、ますます嬉《うれ》しくなった。期待も、風船玉のようにふくらんできた。同じホテルに泊った男女のうち、女の方が、ルームナンバーを男に教

えてニッコリする外国映画の一場面が、ふと、中西の脳裏によぎった。あれは、何という映画だったろうか。題名は忘れてしまったが、確か、その二人は、一夜の情事を持って、別れていくのだった。あんな一夜が持てれば、いうことはないのだが。

二人は、並んで、グランド・ホテルに入った。

観光都市のホテルらしく、ロビーには、外国人の姿が多かった。彼等も、和服姿の久仁子を見て「ほう」という眼になった。

久仁子は、平気で、自分に向けられた外国人の視線を受け止めていたが、一緒にいる中西の方が、かえって照れてしまった。

久仁子が、宿泊カードを書いている間、中西は、横から、そっと、彼女の手元をのぞき込んだ。

なぜか、ツインの部屋をとっていた。

中西は、ちょっと、がっかりした。シングルでなく、ツインルームにしているのは、あとから、連れが来るのかも知れない。西陣の友だちというのを、頭から女性と決めてしまっていたが、男の場合だってあり得るのだ。

外国映画の一場面は、たちまち、消えてしまった。

（旅先のロマンスなんて、そう転がってるわけがないんだ）

と、自分にいい聞かせて、中西は、ボールペンをとって、宿泊カードを書いた。その間に、当然、久仁子の方は、部屋に入ってしまっているものと思ったのだが、ペンを置いて振り向くと、彼女が、待っていてくれた。

それだけでなく、中西の耳元で、

「私の部屋は、六〇二一。六階の二十一号室。覚えておいてね」

と、ささやいた。

中西の胸が、またふくらんできた。久仁子は、そんな中西に向って、

「あとで、いらっしゃいな」

「しかし、誰か——」

と、いいかけて、中西は、自分のヤボに気付いて、赤くなった。ツインルームを予約したから、あとから男が来るものと決め込んで、彼女の誘いに、ためらってしまったのだが、考えてみれば、そうなら、中西を誘ったりはしないだろう。

彼女が、ツインルームを予約しているのは、いつ、男を誘ってもいいようにという配慮からに違いない。

（彼女も、旅にアバンチュールを求めてやって来ているのだ）

と、思うと、中西は、急に気楽になって、

「楽しみにしていますよ」

と、久仁子にいった。

4

ボーイに案内されて、自分の部屋に入ったものの、中西は、女のささやきが耳について、落着けなかった。

久仁子は、あとでいらっしゃいといった。

今は、午後二時を回ったところである。こんな時間に出かけて行ったら、笑われてしまうだろう。

夕食のあとだなと思いながら、彼女の色白な顔が、ちらついて離れない。

（彼女は、いったい、どんな女なんだろう？）

人妻だろうか？　それとも、未亡人だろうか？　ただのハイミスにしては、肌に艶《つや》があり過ぎるし、あれほどの美人が、ハイミスの筈はあるまい。

京都に着いたら、清水寺《きよみずでら》あたりを見物してと考えていたのだが、そんなことは忘れてしまった。

(人妻かな?)

そんなことを考えていると、いやでも妄想が深くなって、いよいよ、落着きを失ってきた。

仕方なしに、部屋を出て、一階のロビーにおりて行った。ひょっとして、彼女も、ロビーに来ているのではないかと思ったのだが、そう上手くはいかないもので、喫茶室をのぞいても、久仁子の姿はなかった。

中西は、喫茶室で、コーヒーを頼んだ。

そのコーヒーが運ばれてくるのと一緒に、人影が、彼の前に立った。

「そこに座っていいかな?」

と、相手がきいた。

中西は、眼をあげて、ぎょっとした。

列車の中や、京都駅で見たサングラスの男だったからである。

今も濃いサングラスをかけ、その奥から、じっと、中西を見つめている。妙に、威圧的な物腰だった。

中西が、黙っていると、それを了解と受けとったのか、太った身体を、どっかりと、向い合った椅子《いす》に落着けてしまった。

「私にも、コーヒーだ」

と、指を立てて注文してから、

「君と彼女とは、どんな関係なのかね」

と、中西にきいた。

中西は、とぼけて、

「彼女って、誰のことですか？」

「君と一緒に、ここに泊った和服姿の女のことだ。いったい、君と、どういう関係かね？　前からの知り合いなのか？　それとも、偶然新幹線の中で知り合ったのかね？」

不遠慮なきき方だった。

中西は、むっとした。

「なぜ、僕が、そんな質問に答えなきゃならないんです？　第一、他人《ひと》に物をきくのに、自分の名前をいわないなんて、失礼じゃないですか？」

「私の名前は、久保田《くぼた》だ」

男はニコリともしないでいった。

「それで、なぜ、変な質問をするんです？」

「君は、まだ、こちらの質問に答えていない。彼女とは、前からの知り合いかね？」

「彼女が、どうかしたんですか？」

中西は、逆に、きき返した。

久保田と名乗った男は、運ばれて来たコーヒーを、ゆっくり口に運んでから、

「そんな質問をするところをみると、前からの知り合いではなさそうだな」

と、見すかしたように、いった。

「そうなら、どうだというんです？」

「彼女は美人だ」

「そんなことは、あんたにいわれなくたってわかってますよ」

「なかなか魅力がある。だが、出来れば、近づかない方がいいな」

「なぜです?」

「理由はいえないが、私の忠告を聞いた方がいい」

「わけもわからずに、あんたのいうことは聞けませんよ。あの女《ひと》に、怖い男でもついているというんですか?　ヤクザか何かの」

中西は、ひょっとして、眼の前の男が、彼女に惚《ほ》れていて、近づく男を脅《おど》かして、遠ざけようとしているのではないかと思った。

そう思うと、サングラスの男は、ヤクザに見えないこともない。

男は小さく頭を横に振った。

「彼女は、ヤクザとは関係ないよ」

「他人《ひと》の奥さんだから、気をつけろというんですか?」

「いや。彼女は、今、自由だ。ひとり者だ」

「それなら、僕がつき合ったって構わないじゃありませんか?　それとも、あんたに、僕を止める権利でもあるというんですか?」

中西は、食ってかかった。

久保田は、すぐには返事をせず、黙って、考え込んでいたが、

「確かに、私には、君を止める権利はない。だから、忠告だといっているんだ。君は、いくつだ？」

「え？」

「君の年齢《とし》をきいているんだ。いくつだね？」

「二十五ですが、それが、どうかしましたか？」

「二十五か。なるほどな」

久保田は、ひとりで肯《うなず》いている。中西には、何が何だかわからなかった。相手が、何を肯いているのかわからない。

中西が、男の顔を見つめていると、相手は、急に立ち上がった。

「私は七〇〇三号室に泊っている。七階の三号室だ。何かあったら、私に連絡したまえ」

「何かあったらって、いったい、何があるっていうんです？」

中西がきいた。が、男は、返事をせずに、エレベーターの方へ歩いて行ってしまった。

5

久保田という得体の知れぬ男の言葉は、中西にとって、かえって、刺激になった。もし、あの男が、本気で、中西を芦川久仁子に近づけまいとしたのなら、彼の言葉は、逆効果だった。

久保田の言葉を聞いていると、久仁子には、何か、影がありそうである。しかし、それは、中西にとって、一層、彼女を、魅力的に感じさせた。

夕食をすませてから、中西は、シャワーを浴び、髪をなでつけてから、自分の部屋を出た。

いったん、地下の売店街におりて、花束を買ってから、六階にあがり、六〇二一号室のベルを押した。

部屋の中で足音がした。

中西は、緊張した顔で、ドアが開くのを待った。

（さっきいったのは、冗談だったのよ）

とでもいわれたら、どうしようか。そんな不安が、ふと、頭をかすめた。

ドアが開いた。

とたんに、中西は、はっとした。和服姿だった久仁子が、鮮やかな黒のネグリジェ姿で現われたからだった。

胸元の白さが、やけに眩《まぶ》しかった。

「いらっしゃい」

と久仁子が、艶然《えんぜん》と笑いかけた。

「いいんですか？」

「何をいってるの。お入りなさいな」

久仁子は、中西の手をとって、部屋に導き入れた。

彼女の手の温かさが、直接、伝わって来た。

「やっぱり、来て下さったのね」

「そりゃあ、来ますよ。これを受け取って下さい」

と、中西は、地下の花屋で買って来たバラの花束を差し出した。

久仁子の眼がうるんだ。

「私の好きな花を、覚えていて下さったのね」

「ええ、まあ」

中西は、あいまいに、口をもぐもぐさせた。バラを買ったのは、それが安かったからに過ぎない。第一、彼女が、何の花が好きなのか、知っていなかった。

「嬉しいわ。覚えていて下さって。私を愛して下さっている証拠ですもの」

久仁子は、花束を抱きしめるようにしていた。

「ね？　私を愛しているんでしょう？」

「もちろん、好きですよ」

「じゃあ、こっちへ来て」

久仁子は、花束を置くと、中西を、ベッドの方に誘った。

ベッドに、並んで腰かけると、中西は、生つばを呑《の》み込みながら、彼女の身体に手を回した。

弾力のある肉感的な身体だった。

久仁子の方から、身体をあずけてきた。ネグリジェの裾《すそ》が割れて、太もものあたりまで、あらわになった。その白さが、突き刺さってくる感じがして、中西は、思わず、抱きしめて、唇を押しつけた。

久仁子は、眼を閉じて、中西のなすに委《まか》せている。

そっと、ネグリジェを脱《ぬ》がせても、久仁子は、抵抗しなかった。ただ、息使いがせわしなくなっただけである。

むき出しになった裸身を、中西は抱きしめ、ベッドに倒れ込んだ。

「――さん」

と、久仁子が、小さく叫んだ。

6

中西の若い身体に、けだるい疲労感が残っていた。

久仁子は、気品のある顔に似合わず、セックスは、激しく、貪欲《どんよく》だった。絶頂に達すると、大きな叫び声をあげ、何度も、求めてくる。二人の身体は、ベッドの中で、汗まみれになった。

いつの間にか朝が来ていた。

中西の胸に、しがみつくようにして、久仁子は眠っている。

「――さん」

と、また、彼女がいった。

明らかに、中西の名前ではなかった。

（寝呆《ねぼ》けているらしい）

と、中西は、微笑みながら、そっと、彼女の手を外して、ベッドから起き上がった。

下着を着ようとして、手を伸ばしたとき、

「何してるの？」

と、声をかけられた。

振り向くと、久仁子が、ベッドの上に座って、変にすわった眼で、中西を見つめていた。

「もう、自分の部屋に戻らなきゃあ――」

と、中西がいうと、久仁子は、きらりと眼を光らせて、

「何をいってるの。私たちの部屋はここよ」

「そういってくれるのは嬉しいんですが、僕の部屋は、十一階で――」

「十一階？」

「ええ」

「やっぱり、他の女を連れて来てるのね？」

女の眼が険しくなった。

(何だか、変な具合だな)

と、中西は、思いながら、あわてて、

「そんなことは――」

「それなら、私の傍《そば》にいて」

「ええ。いいですよ」

中西は、彼女の横に戻って、ベッドに腰を下した。

久仁子の顔に、微笑が戻った。

「よかった。今日が何の日だか覚えていらっしゃるわね？」

「え？」

「忘れたの？」

久仁子の顔が、悲しげにゆがんだ。

中西は、当惑しながら、

「しかし、突然いわれても――」

「ひどいわ。今日は、私たちが初めて出会った日じゃないの。それを忘れてしまったの？」

「僕は、中西です。人違いしてるみたいですけど――」

「いいわけはしないで。下手ないいわけは聞きたくないの。私を愛しているんでしょう？　違うの？」

「愛しているといわれても――」

中西は、自然に、口ごもった。ここまでくれば、女が、自分を誰かに間違えているのは、いやでも、はっきりしてきた。しかし、それをいっても彼女が、わかってくれるかどうか、自信がなくなってしまった。

この部屋で、はじめて抱きしめたとき、彼女は、「――さん」と、呼んだ。今、考えると、「島本《しまもと》さん」と、呼んだようだ。

女は、中西を、島本という男と間違えているのだ。

新幹線の車内で会ったときから、間違えたとは思えない。あの時は、にこやかに笑っていたが、他人の感じだった。

このホテルに入ってから、急に、女が、中西を誘うような態度に変ったのだ。ルームナンバーを教え、あとで来るようにいったあたりから、女の頭の中で、島本という男と、中西とが、重なり始めたのではあるまいか。

（それほど、おれと、島本という男は、よく似ているのだろうか？）

中西は、そう思ったが、それを、困ったとばかりは考えなかった。とにかく、相手は、素晴しい美人である。抱き甲斐《がい》のあるいい身体をしている。島本とかいう男になりすまして、この女と愛し合うのも悪くはないという助平根性も、働いていたからだった。

女の眼は、明らかに、思い出の世界に入り込んでいる。

「私を愛していないの？」

久仁子は、思いつめた眼で、じっと、中西を見つめた。

ふと、中西は、まだ見たこともない島本という男に、強い嫉妬を感じた。

「もちろん、愛しているさ」

と、中西は、急に、覚悟を決め、女の身体を抱き寄せた。

「本当?」

「本当さ。だから、二人でここにいるじゃないか」

「信じていいのね?」

「信じてくれなきゃ困るよ」

中西は、抱いた手に力をこめた。島本とかいう男になりすましてやろうという気持より、その男に対抗して、彼女を抱いてやろうという気持の方が強かった。

「嬉しい」

と、久仁子は、頰《ほお》を紅潮させて、

「あなたに捨てられるのかと思ったわ」

「君みたいな魅力的な女性を、僕が捨てるわけはないじゃないか」

中西は、ひとかどのプレイボーイになったような気分で、久仁子にいった。

「それなら、嬉しいんだけど、あなたに、別に女が出来たと聞いたときは悲しかったわ。私より若くて、きれいな人なんですってね。それを聞いたとき、悲しくて、死のうと思ったの。噓《うそ》じゃないわ」

久仁子という女は、感情の起伏が激しいらしく、また、涙声になり、突然、左手首に巻きつけていた包帯を、引きちぎるようにして、外してしまった。
「これを見て」
と、その手首を、中西の眼の前に突きつけるようにして、
「おととい、その女のことを聞いて、生きているのが嫌になって、カミソリで切って
しまったの。友だちに見つかって、救急車で運ばれたわ。それほど、あなたを愛して
いるのよ」
手首に、確かに傷痕《きずあと》があった。しかし、それは、おとといの傷なんかではなく、明
らかに、二、三年前のものだった。
彼女が自殺を図ったのが事実としても、それは、昨日、今日のことではなく、二、
三年前のことなのだ。
するとと、今日の現実と、二、三年前の過去とが、彼女の頭の中で、混り合っている
のだろうか？
ふと、中西は、背筋に冷たいものが走ったのを覚えながらも、
「僕が好きなのは、君だけだよ」
と、もう一度、彼女を抱きしめた。

「本当なのね？」

「信じて貰いたいな。だからこそ、こうして、この部屋で、君を抱いているじゃないか」

「そうなら嬉しいけど——」

と、彼女がいったとき、突然、部屋の電話が鳴った。

7

久仁子は、裸のまま、受話器を取りあげた。

その間に、中西は、またベッドにもぐり込んだ。彼女を、もう一度、抱きたくなったのだ。

久仁子は、丸いお尻《しり》を中西に見せて、電話の応答をしている。

小声なので、どんな電話なのか、ベッドの中西にはわからなかった。

（西陣の友だちとかいう相手からの電話だろうか？）

中西が、そんなことを考えている中に、久仁子は、受話器を置いた。

「早く、ベッドにおいでよ」

と、中西が、呼んだ。

だが、女は、彼に裸の背中を向けたまま、じっと考え込んでいるようだったが、急に、バスルームの方へ歩いて行った。

(化粧でも直してくるのかな)

中西が、思っていると、女が、戻って来た。

右手を背中に回し、顔が笑っている。

中西も、それを見て、自然に、笑顔になったが、ふと、おかしいぞと思った。

女の笑い方が、どこか、引き吊《つ》ったように見えた。口元が笑っているのに、眼が笑っていないのだ。

中西は、本能的に、得体の知れない怖さを感じて、身体をかたくした。

次の瞬間、久仁子は、形相《ぎょうそう》を変えて、

「殺してやる！」

と、叫んだ。

背中に回していた右手には、カミソリが、しっかりと握られているのだ。

中西は、蒼白《そうはく》になって、ベッドから飛びおりた。

「どうしたんだ？　止《や》めてくれ！」

「あなたの女から電話があったのよ。このホテルに連れて来ていたんじゃないの。よくも私を裏切ってくれたわね。あなたを殺して、私も死んでやる！」

女は、カミソリで切りつけてきた。

中西は、初めて、女の怖さを知った。腕を突き出して防ごうとして、右手を切られた。

血が噴き出した。

「殺してやる！」

と、女は、明らかな狂気を見せて、叫んだ。

「助けてくれ！」

と、中西も、思わず、悲鳴をあげていた。

右手からは、血が流れ続けている。逃げ廻るにつれて、部屋中に、血が、飛び散った。

中西は、部屋の隅に追いつめられた。

「止めろ！　止めてくれ！」

と必死に叫んだとき、その言葉が通じたように、ドアが開いて、ホテルの従業員と、サングラスの男が、飛び込んで来た。

8

「三年前、このホテルで、若い男が、のどをカミソリで切って死亡し、一緒にいた女は、左手首を切って自殺を図った事件が起きたんだ」

サングラスの男が、ゆっくりといった。

中西は、ベッドに横たわって、彼の話を聞いた。包帯を巻いた右手が、まだ、ずきずき痛む。

「私は、女が、男を殺したのだと考えた。私が調べたところ、男には、新しい女が出来ていて、二人の間に、秋風が吹いていたからだ。しかし、女は、男が心中を持ちかけ、自分でのどを切ったのだと主張した。私は、女が嘘をついていると思ったが、反証がないままに、この事件は、警察の手を離れてしまった」

「あんたは、刑事か？」

「その事件を調べた刑事だよ。その後、彼女は、毎年、事件の起きた十月になると、京都のこのホテルに来るようになった。私は、死んだ男の霊が呼ぶんだと思っていた。今年も、彼女はやって来た。新幹線の中で、君という連れがいるのを見て、私は、びっくりした。君が、死んだ島本功《いさお》という男によく似ていたからだ。それに、年齢まで同じだった。それで、私は、彼女が、君を、三年前の男と重ね合せて考えるのではないかと思った。しかし、君のことも心配なので、一応、注意したんだ」

「でも、僕を相手に、彼女が幻想に落ち込んで、三年前の事件が再現すればいいと思っていたんでしょう？」

「その気が無かったとはいえないね。そうなれば、彼女が、男を殺したことを証明できるからだ」

男は、表情を殺した顔でいった。

中西の眼が光った。

「途中で、部屋に電話をしたのは、あなたですね？」

「ああ。ホテルの女子従業員に頼んで、電話をかけて貰ったんだ。三年前に殺された島本功の恋人と名乗ったんだよ。芦川久仁子を刺激してみたんだ」

「おかげで、僕は、危うく殺されるところでしたよ」

「あの部屋には、盗聴マイクを仕かけてあったから、君が殺されることはなかったんだ。いざとなれば、飛び込むつもりだったからね」

「しかし、僕は、手を切られたんですよ」

「わかってる。君には悪いことをしたと思っている。だが、私の弟は、三年前に、彼女に殺されたんだ」

立春大吉

1

画家の立花は、数年前から、暮れから正月にかけての何日かを、四国の小さな温泉で過ごす習慣になっていた。

吉野川の上流にあるH温泉で、近くに、大歩危《おおぼけ》、小歩危《こぼけ》の奇勝のあるところである。旅館とも顔なじみになっていた。

東京に生まれ、東京に育った立花が、四国の山峡にひかれるようになったのは、画家仲間のすすめからだった。徳島生まれのその友人は、顔を合わせるたびに、吉野川周辺の美しさを口にし、一度は見てみるべきだといった。

正直にいって、そのとき、立花は余り気がすすまなかった。四国と聞くと、なんとなく、ひどく遠い所のような気がしたからである。地図で見れば、九州より近いはずなのだが、東京人の立花には、四国の方が、はるかに遠く感じられた。恐らく、交通が不便だという先入主があったからであろう。

友人は、一向に腰を上げない立花に業《ごう》を煮やしたらしく、無理矢理のように、彼を四国へ連れ出した。

冬の寒い日で、H温泉に着いたときには、大雪にぶつかってしまった。が、結果的にはそれが良かった。立花は、白一色にいろどられた大歩危、小歩危のすさまじい美しさに感嘆してしまった。

その友人は、無名のままに二年前になくなったが、立花は、その後も、暮れになると、四国へ足を運ぶことにしている。

ことしも、立花は、暮れの三十日の夜、小さなスケッチブックだけを手に東京を離れた。四国へは飛行機の便もあるが、立花は、汽車と連絡船を利用することに決めていた。旅はゆっくりとしたいこともあったし、途中で、さまざまな人との接触ができることにも楽しみがあったからである。

ことしも、宇野から高松への連絡船の中で、大阪から四国へ帰るという一人の青年と知り合いになった。

立花が、連絡船の窓から瀬戸内の景色をスケッチしているとき、横から声をかけて来たのである。

2

「うまいもんだなあ」

と、その青年は、無遠慮にいった。立花は、相手の声が大きいので、照れくさくなり、スケッチをやめてしまったが、それから、その青年と口をきくようになった。

話好きの青年だった。というより、青年は、話相手を捜していたという感じだった。

青年は名刺をくれた。

西巻興業社長、西巻一郎とあった。二十一、二歳の若さに、社長という肩書きが何となく似合わない感じだったが、世事にうとい立花は、素直に、「ほう」と感心した。

「若いのに、たいしたものだ」

「小さな会社なんですけどね」

と、西巻一郎は、笑った。得意気であった。

「やっぱり、出世するには大阪みたいな大都会へ出なきゃだめですねえ。四国にいたら、社長にはなれなかった」

「すると、これから、故郷にニシキを飾るというわけだね」

「おふくろが、正月ぐらいは帰って来いというもんですからね」

西巻一郎は、クスクス笑った。おふくろといったとき、青年の顔が、急に、子供っぽくなったような気がした。

「仕事が忙しいんですけどね、おふくろが一人で待ってるもんですから、正月には帰らないと」

「親一人、子一人ということ？」

「ええ」

「それなら、おふくろさんが待ちかねているはずだ」

「そうなんです。駅に来て待っているんです」

「高松に？」

「いえ。徳島の阿波池田《あわいけだ》ってとこです。吉野川の奥の方なんですが、知っていますか？」

「奇遇だな。わたしも、そこへ行くところだ」

「阿波池田へですか？」

「その先のH温泉へね」

と、立花はいった。西巻一郎は、うれしそうに、それなら阿波池田まで一緒に行けますねといった。

西巻は、故郷の話より、大阪の話を盛んにしゃべった。

高校を卒業するとすぐ大阪へ行き、どんなに苦労して、社長の肩書きが出来るまでになったかを、西巻一郎は一生懸命に話す。だれかに聞いてもらいたくて仕方がなかったらしい。ありふれた苦労話なのだが、立花には結構面白かった。

立花が、適当に合いの手を入れて聞いているので、西巻一郎の方でも、いい聞き手が見つかったと思ったのか、ますます熱っぽい口調になってきた。おかげで、連絡船の中では、たっぷり出世物語りを聞かされるはめになったが、四国の玄関口といわれる高松港に着くころになると、西巻一郎は、なぜか急に口数が少なくなった。

立花は、大方、しゃべり疲れたのだろうと一人合点して、彼の方も黙っていた。

高松から阿波池田までは、予讃《よさん》・土讃《どさん》本線で一時間ちょっとの距離である。立花は、当然、阿波池田までは一緒と思っていたのだが、切符を買う段になって、西巻一郎は、急に、

「僕は、行かないことにします」

と、いい出して、立花を、びっくりさせた。

「どうしたんだね？　船の中では、阿波池田まで一緒に行くといったはずだが」

「ええ。それはいいましたけど――」

「おふくろさんが、駅まで迎えに来てるんじゃないのかね？」

「それがあかんのですワ」

と、西巻一郎は、関西弁でいった。

「何が？」

「実はウソなんですよ」

「ウソ？　おふくろさんのことがかね？」

「いや。おふくろの話は本当なんですが、肝心のことが全部ウソなんですよ。社長も

ウソだし、出世物語りも全部ウソ――」

「ほう」

立花は、腹を立てるよりも、あっ気にとられた。てっきり本当の話だと思って聞いていたからである。

「なぜ、わたしに、ウソの話なんか熱心に聞かせたんだね？」

「実験したんです。すいません」

「実験？」

「おふくろをだませる自信がなかったもんですから、船の中で会った先生でちょっとためしてみたんです。僕の作り話が本当に聞こえるかどうか」

「わたしは、てっきり本当の話だと思ったがね」

立花が苦笑すると、西巻一郎は、小さく首をすくめた。

「先生は、ひとの話をすぐ信じてしまう人らしいから、かえって自信をなくしちまいましたよ」

「しかし、なぜ、おふくろさんをだまさなきゃいけないのかね？」

「男の意地です」

「意地？　ずいぶん、古風なことをいうんだね」

「出世すると約束して故郷を出たんですからね。それに、出世したと手紙で知らせてあるんです。いまさら、うまくいかなかったとはいえません。僕は男ですからね」

「なるほどね。だが、女親なんかだましやすいもんじゃないかね？　君の話を、すぐ信じると思うがね」

「僕のおふくろはあかんです。子供のとき、寝小便を見つかって以来、おふくろにはうまくウソがつけんのです。それで、先生にお願いがあるんです。おふくろに会って、僕が仕事で忙しくて正月には帰れなくなったと伝えて下さい」

「しかし、わたしは、君とは――」

「お願いしますよ。それからこれは、おふくろに買ってきたおみやげです。渡して下さい」

西巻一郎は、何やら大きな紙包みを立花の手に押しつけると、あっという間に、人ごみの中に消えてしまった。

立花は、あわてて追いかけたが、五十歳の彼の足では、若い西巻一郎に追いつけるはずがなかった。仕方なしに引き返して、汽車に乗ったが、大変なことを押しつけられてしまったと頭が痛くなった。第一、あの若者の母親が、どんな顔をしているかも知らないのである。

3

列車は、しばらく瀬戸内の海岸沿いに走ってから、多度津で折れて山に入る。いつもの立花なら、車窓の景色に見とれるのだが、きょうは、妙なことを頼まれてしまったので、気が散ってしまい、景色を楽しむ余裕が持てなかった。

立花は、ひざの上に置いた紙包みをながめた。どうやら、大阪のようかんらしい。恐らく、母親というのは甘いものが好きなのだろう。そう考えると、困惑の中にも、何となく微笑したくなった。

(妙な青年だな)

と、思う。気が小さいのか、ずうずうしいのかわからない。おふくろをこわがるところは気が弱そうだが、偶然会った立花を実験台にしたり、みやげ物を押しつけたりするところはひどくずうずうしい。どうも、今どきの若者の気持ちはわからない。

阿波池田に着いたのは、大みそかの夕方であった。祖谷渓《いやだに》や、大歩危、小歩危への入り口でもあるこの小さな町にも、さすがに、大みそからしいあわただしさが漂っていた。

立花は、改札口を出たところで、周囲を見回した。五十歳くらいの女が、すぐ目についた。降りてくる乗客の一人一人の顔を、穴のあくほど見つめていたからである。

（あの若者の母親らしい）

と、立花は思った。顔がよく似ている。

女は、がっかりした顔で小さなため息をついてから、駅員に、次に着く列車の時間をきいている。その真剣な顔つきから想像すると、終列車まで、むすこの来るのを待つ気だろう。いや、きょう来なければ、あすの一月一日だって、ここに来て、むすこを待ち続けるに違いない。

立花は、女に声をかけようとして、途中でやめてしまった。あなたのむすこは来ませんよというのが、死刑の宣告を下すようで、どうにも気が進まなかったからである。

こういう役目は、もともと苦手なのである。仕方なしに、立花は、H温泉行きのバスに乗ってしまった。

旅館にはいったが、やはり落ち着かなかった。顔なじみの女中が、そんな立花を見て、

「どうかなさったんですか？　先生」

と、不審そうにきく。立花は、生返事をした。ゆっくりと正月を過ごそうと思って、わざわざ四国までやってきたのに、これでは落ち着いた気分になれそうにない。

ふろで暖まってから、女中に酒を運んでもらったが、床の間に置いたみやげ物が目にはいると、どうも酔える気分になれなくなってしまう。とんだことになったものだと、立花はひとりで肩をすくめた。寝たのは、十一時を過ぎてからである。

明けて新年――。例年なら、旅館の出してくれる正月料理を食べたあと、こたつにはいったまま寝正月を決め込むのだが、きょうも、阿波池田の駅で、あの母親が、むすこを待っていることだろうと考えると、やはり落ち着けなかった。

昼過ぎになると、立花は、とうとう例のみやげ物を持って、旅館を出た。

バスで、阿波池田に着いたのが午後二時近くである。改札口のところに立っている

きのうの女の姿が、すぐ目にはいった。言づてを話すのも残酷だが、そうかといって、来るはずのないむすこを、いつまでも待たせておくのも残酷である。

立花が、決心して、彼女に声をかけようとしたとき、ちょうど、列車がはいってきた。彼女が、からだをのり出すようにして、ホームに視線を走らせた。立花も、釣られたかっこうでホームに目をやってから「あれっ」と、思わず声を出してしまった。西巻一郎が、ニコニコ笑いながら降りて来たからである。

西巻一郎は、いかにも男の子らしく、ちょっと照れたような顔で、母親と二言三言話し合ってから、立花に気がついて、ニヤッと笑った。

「一体、どうしたんだい？」

と、立花は、そばへ呼んでから小声できいた。

「なぜ、気が変わったんだね？」

「あれから、金比羅《こんぴら》さんに行って来たんですよ」

「コンピラさん？」

「ええ。大阪へ戻ろうと思ったんですが、何となく決心がつかなくて、それで金比羅さんに行って、初もうでのあとで、おみくじを引いてみたんです」

「おみくじねえ」

「そしたら、大吉で、ことしは願い事がかなうというんです。それなら、おふくろにウソをつくこともないと思ったんです。おふくろは、金比羅さんのいうことなら、何でも信じるんですよ」

西巻一郎は、ポケットから、シワクチャになったおみくじを取り出して、立花に見せた。確かに、大吉、願い事すべてかなうべしとある。ますます、この若者がわからなくなったが、それでもほっとして、預かっていたみやげ物を返すと、

「どうも」

と、西巻一郎は、頭をかいてから、

「先生にも、おみくじを引いて来てあげたんだっけ」

と、もう一枚のおみくじを出した。立花のためにというのはあやしいものだったが、受け取ってみると、こちらは、大吉でなくて小吉であった。

小吉。待ち人来たるも、つまらぬことに巻き込まれて苦労することあり、注意すべし。

立花が、思わず苦笑すると、西巻一郎は、屈託のない声で、

「新年おめでとうございます」

と、いった。

われら若かりしとき

1

私は、自分を特別ロマンチストだとは思わない。第一、私はもう三十代の半ばを越している。夢に酔える年ではない。

その私が、柄にもなく初恋の人からの十六年ぶりの手紙に心をおどらせたのは、多分そのときの精神状態のせいだったと思う。

私は、妻の京子とうまくいっていなかった。

私が徳島から東京に出たのは十六年前で、自分なりに苦労して、現在は、小さいながら電機部品の工場を経営するまでになった。京子と結婚したのは、その工場がどうやら軌道に乗り始めた七年前で、彼女は、京子という名前が示すように、生っ粋の東京の人間だった。

結婚して三年目に子供も出来た。女の子で、今がかわいい盛りなのだが、不思議なことに、このころから、私と妻の間に気まずい空気が生まれ始めた。

何が原因だったか、私自身にも、はっきりとは思い出せなかった。一つ一つは、取り立ててどうということはないのに、それが積み重なって、二人の間にみぞが出来てしまったとしかいいようがない。私が四国の生まれで、妻の京子が東京の人間だということまで、二人の間の気まずさの原因に思えてくるから不思議だった。

そんなやり切れない気持ちでいるときに、私は、佐伯靖子から手紙を受け取ったのである。

差し出し人のところに、その名前を見つけても、とっさには彼女の顔が思い浮かばなかった。とにかく、十六年という歳月があった。

突然、お手紙を差しあげて、さぞ、驚かれたことと思います。

あなたさまが、東京で大層出世なさったことは、いつか東京の県人会の方にお会いしたときに聞き、自分のことのようにうれしく思いました。本当におめでとうございます。私の方は、あなたさまにお別れしてから、縁がないというのでしょうか、もらって下さる方もなく、いまだに一人で、水商売などをしております。もう三十四歳。おばあちゃんになってしまいましたけれど、このごろは、しきりにあなたさまにお会いしたいと思うようになっております。

お仕事でお忙しいこととは思いますが、一度、徳島へお帰りになりませんか。

私は、来月の六日に、祖谷へ行くつもりでおります。もし、お出《い》で下さるのでしたら、その日の午後二時、思い出の場所でお会いしたいと存じます。

佐伯靖子

神部信之様

追伸　1の3

2

読み出してから、私は、佐伯靖子のほの白い顔を思い出したが、それでも、単なるなつかしさだけしか感じなかった。何としても、私と彼女との間には、十六年の壁があったからである。

それが、私の心をゆさぶることになったのは、追伸の数字を目にしてからだった。

第三者の目には、意味のない数字だが、あのころの私と彼女にとっては、深い秘密の意味を持っていた。

当時、彼女はまだ十八歳で、家族は、私との交際に反対していた。それで、私と彼女は秘密の暗号を考えたのだ。二十歳と十八歳という二人の若さだったからこそ、そんな稚気に何の抵抗も感じなかったのだと思う。暗号は簡単で、1の1なら、私はあなたが好きというような意味だった。二人の間で暗号を作ったことが、私たちの関係を一層秘密めかしたものにし、私たちは得意でさえあった。

三十歳を過ぎた女が、そんな暗号を手紙に書く気持ち。冷静な私だったら、苦笑したかも知れない。だが、私は、夢をなくしたような妻との生活に疲れていたから、逆に、佐伯靖子が持ち続けているおさなさに、なつかしさを感じた。いや、彼女のそうした気持ちを、すばらしいと思ったといった方がいいかも知れない。

私は、その日一日、何となく浮き浮きして過ごした。1の3は、確か、私はあなたにせっぷんしたいという意味だったはずだ。そんなことを考えているうちに、少しずつ、十六年前の記憶がよみがえってきた。記憶が鮮明になってくるにつれて、不思議に、今の妻と過ごした七年間の方がうすぼんやりしたものに思えてきた。

手紙がきて二日目に、私は、妻の京子と、また小さな口論をした。例によって、詰まらないことからの口げんかだったが、そのとき、私は、はっきりと、徳島へ行って佐伯靖子に会おうと心に決めた。

翌月の五日に私が「徳島へ行ってくる」というと、妻は、ただ「そうですか」といっただけだった。何の用でとも、一緒に連れて行ってほしいともいわなかった。私と妻の間に、そんな無関心さと冷たさが生まれてしまっていた。

私は、銀行で五十万円ばかりの金をおろし、それをポケットに入れて、飛行機に乗った。

私の胸には甘い期待があった。十六年ぶりに佐伯靖子と会って、どうなるか自分自身にもわからなかった。そのまま、別府温泉にでも行くことになってしまうかも知れない。五十万円の金は、そうなったときの用意だった。

徳島に着いたのは夕方だった。市内には友人や親類もいたが、私は、わざと会わず、すぐホテルに入ってしまった。佐伯靖子との秘密の出会いを、あくまで二人だけのものにしたい気持ちがあったからである。

十月初めの徳島は、まだ夏の暑さが残っている感じだった。私は、入浴のあとベランダに出て、しばらくの間、徳島の夜景をながめていた。自分でも意外なほど、心がはずんでいた。あすは十六年ぶりに佐伯靖子に会える。そのことが、これほど心をおどらせるとは、私自身も予期していなかった。

私は町の夜景に目をやっていたが、実際には、十六年前の彼女の面影を追っていたといった方が当たっていた。彼女の家は町の旧家だった。その娘が、今、水商売をしているというのも、おかしなめぐり合わせだと思うし、彼女が、どんなふうに変化したかも興味があった。

もちろん、不安が全くないわけではなかった。彼女が悪く変わっていて、がっかりするのではないかという不安はある。だが、そうしたことはなるべく考えないようにしていた。

翌日は、快晴だった。私は、タクシーを呼んでもらって、祖谷渓へ向かった。

車が吉野川をさかのぼるにつれて、私の記憶も鮮明さを増していった。十六年前に、佐伯靖子が私に示したさまざまな仕草や表情が思い出された。記憶の中の彼女は、当然ではあったが、十八歳のままであったし、私自身も二十歳だった。そして、これは幾分滑稽《こっけい》なのだが、現在の私自身までが、十六年前の若い気持ちに戻ったような気になっていた。

私は、途中でタクシーをおり、そこから、ゆっくり時間をかけて「かずら橋」のあるところまで歩いて行った。

約束の二時までには、まだ十分時間があった。かずら橋の近くで、私たちは、初めてせっぷんした。彼女が、思い出の場所といったのはそこに違いない。私はそう決めていた。

かずら橋は、昔のままの姿を見せていた。橋の上におおいかぶさるように広がっている木々の梢《こずえ》も昔のままだった。ハイティーンの娘が二人、こわごわと、それでいて楽しそうに橋を渡っている。黄色とブルーの二人のセーターに、木の葉越しにもれてくる秋の日ざしが当たって、彼女たちの若さを強調していた。

佐伯靖子は、まだ来ていなかった。私は、たばこを口にくわえ、ぼんやりと、二人の娘をながめていた。十六年前の佐伯靖子は、ちょうどあのくらいの年齢だった。

3

彼女が姿を見せたのは、二時五分すぎだった。

十六年前の彼女も、デートのときには、必ず五分おくれてきた。女性は五分おくれて行くのがエチケットだと何かの本で読み、それをかたくなに守っていたからである。十六年後の今日、彼女が同じように五分おくれて来たのは、いまだにそのエチケットを信じているからではなく、彼女の心にも、十六年前の気持ちになりたいという意識が働いていたからに違いない。

近づいてくる彼女の姿を目にしたとき、最初に感じたのは、なつかしさより安堵《あんど》感だった。

茶の和服を着た靖子は、十分に昔の美しさを残していた。それが私をほっとさせたのである。もし彼女が醜く変わっていたら、ここに来たことを後悔したに違いなかった。もちろん、十六年の歳月が、彼女の顔から幼さを消し、表情にかげを作っていたが、それでも十分に美しく、私は満足した。

最初、私たちは、ぎこちなくあいさつをかわした。が、先刻の二人の娘の姿が消え、私たちだけになるころから、十六年前の思い出が二人を押し包み、口を軽くしていった。

かずら橋を渡ろうと私がいい、渡り出して橋がゆれると、靖子が、昔と同じように私にしがみついてきた。

「あたし、三日ぐらいなら、からだがあいていてよ」

と、彼女は、私の耳もとでささやいた。

私は、あの手紙を受け取ったときから、その言葉を期待していたような気がした。

「僕も、そのつもりで来た」

と、私はいった。

私たちは、かずら橋の周囲をしばらく歩いたあと、近くの旅館に入った。私は少し照れていたが、彼女の方は大胆だった。

夕食のあと、酒を頼んだが、彼女は酒にも強くなっていた。手紙に水商売と書いてあったから当然のことなのに、私には、そうした彼女の十六年間の変化も、幻滅ではなくて逆に新鮮な感じでここちよかった。それは、妻の京子が、自分が酒がきらいなだけではなく、私が酔っ払ったりすると、露骨にまゆをしかめることへの反発もあったかも知れない。

私も酔い、彼女を抱いた。私は、その瞬間、妻のことも娘のことも忘れた。

ここちよい疲れ、妻との交渉まで事務的になってしまっていた私には、久しぶりの楽しさだった。

明け方近くまで、私たちは、床の中で十六年前のことをしゃべり合った。しゃべっている間に、彼女の目にうっすらと涙が浮かんでいたのを知った。

眠ったのは、午前四時ごろだったろうか。夢の中で、私は十六年前の若さに戻った。彼女も十八歳の彼女だった。かずら橋でたわむれ、名物のそばを食べ、木陰でせっぷんし——

昼近くに目をさましたとき、靖子の姿がなかった。

女中にきくと、一時間ほど前に帰ったという。私はろうばいした。一瞬の中に夢が破られた感じだった。

私は、念のために、背広の内ポケットを調べてみた。五十万あった札束は、半分以上消えてしまっていた。

4

そのとき、私の心を一杯にしたのは、怒りよりも悲しみだった。

私は、深い疲労を抱いて祖谷渓をおりた。盗《と》られた金の惜しさよりも、靖子に裏切られた悲しさの方が強かった。

私は、飛行機で東京に戻る気になれず、高松へ出た。高松から船に乗って、何日か旅行でもしたい気持ちになっていたからである。徳島の市内を捜して彼女を見つけ、金を取り戻そうという気はなかった。もし取り戻したところで、私自身がもっとみじめな気持ちになるだけのことだとわかっていたからである。

桟橋近くの待合室に入っても、私はまだ、どこへ行くか心が決まらなかった。とにかく何日か旅をし、心が落ち着いてから東京に帰りたいと思っていた。

ぼんやりと、壁にはられている瀬戸内の地図をながめていた私は、視線を窓の外に向け、桟橋の先に、佐伯靖子の姿を見つけて、はっとなった。

彼女は一人ではなかった。

彼女は、四歳ぐらいの女の子の手を引き、赤ん坊を背負っていた。男も一緒だった。四十歳ぐらいの無精ひげをはやした男で、いかにも好人物そうだが、それだけに生活力はない感じだった。

四人の親子は、宇高連絡船に乗るところだった。

（今、飛び出して行けば、彼女を捕えられる）

と、思いながら、私は、待合室から動けなかった。

彼女を捕えて、うそをなじったところでどうなるだろう。金を取り返したところで、心の傷は深くなるだけではあるまいか。

私は、目を閉じた。

彼女はきっと、夫や子供たちを捨てようとして捨て切れなかったに違いない。最初から、金が目当てで私に会いたいと手紙を出したのではないだろう。あの手紙の追伸のところに書いてあった私たちだけの秘密は、本当の気持ちなのだ。私は、そう考えようとした、旅館で十六年前の追憶に涙を流したのは、うその涙ではなかったはずだ。

私はそう自分にいい聞かせた。

目をひらいたとき、四人の姿は消え、やがて、彼女たちをのみ込んだ連絡船が、夕やみの立ち始めた海へ向かって動き出した。

私は、待合室を出ると、ぼんやりと、消えていく連絡船をながめた。それは、私の心から、十六年前の甘美な思い出が、消えて行く感じだった。これからは、思い出すことがあっても、それはもう甘美ではなく、現実と同じように苦いものだろう。

私は、足元に視線を落としてつぶやいた。

われら若かりしとき
さまざまな夢に酔いしが
今はすべてむなしく消えて――

祖谷渓《いやだに》の娘

1

ある雑誌が「日本の秘境シリーズ」を企画したとき、私は、四国の祖谷渓を受け持たされた。

私が、四国へ二度ほど行ったことがあると、何かの時にいったせいらしい。だが、私は、四国へ二度といっても、一回は徳島で阿波踊りを見物したに過ぎず、二回目も、足摺崎《あしずりさき》から宇和島へ回っただけで、祖谷渓に足を向けたことはなかった。

私がそれをいうと、編集長は事もなげに「その方が、新鮮な目でご覧になれるから、いい紀行文が書けるかも知れませんな」といい、あはははと豪快に笑って、この仕事を私に押しつけてしまった。

　そんな具合いで引き受けた仕事だったが、私自身、祖谷渓に興味がないわけではなかった。

　祖谷渓といえば、九州の椎葉《しいば》の里と並び称される平家伝説のあるところだったし、私は、二年前に、椎葉村はのぞいてみていたので、両者を比較してみたいという気持ちも動いていた。

　雑誌社から、鈴木という若いカメラマンが同行することになった。東京生まれの東京育ちで、写真の専門学校を出たばかりの青年だった。祖谷渓はもちろん、四国もはじめてということで、徳島行きの飛行機の中でも、しきりに張り切っていた。

「平家の末裔《まつえい》の娘を撮《と》りたいですねえ」

　と、鈴木君は、四国の地図を見ながら私にいう。

「平家は名門のはずだから、その末孫となれば、美人が多いでしょうねえ」

　もちろん、私にわかるはずがない。だが、大いに期待しているらしい鈴木君の顔を見ると「そうだろうね」と、苦笑しながらいった。

「ああいうところは血族結婚が多いから、ものすごい美人が生まれる可能性があるよ」

「まだ昔の公卿《くげ》言葉を使っているんですかねえ」

「それはどうかな」

私は、二年前の九州旅行を思い出して、くびをかしげて見せた。椎葉村の近くには、日本一といわれるアーチダムが出来ていた。その灰色の分厚いコンクリートの塊《かたまり》が、美しい景色を無残に破壊してしまっていた。そして、村自体は、ちっとも豊かにはなっていなかった。ああいう光景を、祖谷渓でも見せられるのはいやだなと思った。

徳島空港に着いたのは、昼少し過ぎだった。

「かわいらしい飛行場ですねえ」

と、鈴木君は、ひとりでニコニコ笑っている。空港の外に出ると、今度は、

「あれ。飛行場のそばに、レンコン畑があるんだなあ。やっぱりローカル空港だ」

と、妙なことに感心している。いかにも、東京生まれの東京育ちらしいと、私は、苦笑した。

「この分なら、ミス平家が見つかりそうですよ」

と、鈴木君は、きれいに晴れ上がった秋空を見上げて、自信満々ないい方をした。

2

私たちは、阿波池田まで汽車で行き、そこからバスに乗った。そのコースが、最も一般的な祖谷渓へのコースと、案内書で読んでいたからである。

私は、正直にいって、平家の末裔の娘には、大して興味がなかった。いかにも若いカメラマンらしい発想だが、私の仕事は、あくまで祖谷渓そのものの探訪だ。

山が深く、バスは断崖《だんがい》絶壁のふちを走る。中年の運転手のハンドルは、まさに神技《かみわざ》だった。

不思議なことに、空港まで元気にはしゃいでいた鈴木君が、バスに乗ったとたんに、急におとなしくなってしまった。口をきかなくなっただけでなく、顔色が青い。

「どうしたんだね？」

と、きくと

「だめなんです」

「だめって、何が？」

「高所恐怖症なんです。僕は」

「しかし、飛行機は平気だったじゃないか？」

「飛行機は別です」

私は高所恐怖症ではないから、微妙なところはわからなかったが、窓の外をのぞくと、目の下は、V字型にえぐられた深い谷で、私でもハラハラする。

「その調子で、仕事の方は大丈夫かね？」

と、私が心配してきくと、鈴木君は、まっ青な顔を上げて、

「仕事になれば、目をつぶってでも、シャッターを押しますよ」

と、健気《けなげ》なことをいった。が、有名な「小便岩」のところに来て、運転手がわざわざ車をとめてくれたのに、鈴木君は、足がすくんで、うまい写真が撮れないという。

仕方がないから、私が、カメラを持って、断崖の端にちょこんと置かれた小便小僧を、フィルムにおさめた。この絶壁は、足がすくんで用が足せないところから「小便岩」と呼ぶそうだが、断崖の端に、小便小僧の像が置いてあるのは、ユーモラスでもあるし、悪趣味な感じでもある。

「小便岩」を過ぎて、しばらくは、断崖絶壁の連続である。だが、運転手は、ほとん

どブレーキを使わずに、スイスイと、バスを走らせていく。それどころか、余裕しゃくしゃくで、時々、乗客の質問に答えながらの運転である。「小便岩」にはさして感心しなかったが、バスの運転手の神技には、感心のしどおしだった。ただし、鈴木君の方は、ますます気分が悪くなってきたらしい。

(困ったな)

と、思っているうちに、急に谷底が浅くなってきた。

目がくらむような断崖絶壁が、いつの間にか、目の下から消えてしまっている。平《へい》坦《たん》な盆地のような地形になってきていた。

(おや)

と、私は目をこすったが、考えてみれば、断崖絶壁に、平家の落人部落がへばりついているはずがないのである。部落がある以上、そこは、平坦な場所でなければならないのは、当たり前の話だ。

つまり、いわゆる「祖谷渓」と呼ばれる場所は、部落への入り口の部分であって、その入り口がけわしい断崖絶壁であったからこそ、長い間、秘境というベールにとざされていたのであろう。

現金なもので、青い顔でグッタリとしていた鈴木君が、急に元気を取り戻し、盛んに、周囲の山膚にカメラを向け始めた。

私たちは、バスをおり、西祖谷山村に足をふみ入れた。

正直にいって、私は、この部落は「秘境」という名から遠いと感じた。

若い鈴木君の方は、がっかりした表情で、

「なんだトタン屋根が多いですねえ」

と、いった。どうやら、彼は、平家の赤旗がひるがえっているワラブキ屋根を想像していたらしい。しかし、私に彼の非常識を笑う資格があるかどうかわからない。私も、程度の差こそあれ、似たような景色を想像していたからである。

トタン屋根の家が多いということは、それが文明の恩恵を受けているということで、喜ぶべきことだろう。彼らは、都会人の秘境趣味のために生きているわけではないのだから。

奥の東祖谷山村は村役場に、今でも平家の赤旗が保存されていると聞いて、私たちは、午後の西日の中を、東祖谷山村まで歩いた。

村役場では、助役のKさんが、暖かく私たちを迎えてくれた。

問題の赤旗は、応接室のガラスのケースに入っていた。赤と紫のだんだらに染められた二メートルほどの細長い旗である。一番上に「八幡大菩薩《はちまんだいぼさつ》」と書いてあった。年月を経て色がさめたらしく、赤旗というより、灰色がかって見えた。

「これが血痕《けっこん》です」

と、Kさんが指さしたところを見ると、なるほど、それらしいしみがあった。鈴木君は、盛んにシャッターを切った。

Kさんは、祖谷渓のいわれについても、面白い説を話してくれた。弘法大師《こうぼうだいし》がここまで来て、あまりの難路に疲れ切って「ああもうイヤだ」といったので、祖谷渓と名がついたという話である。もちろん、これはうそだろうが、ユーモラスで楽しい伝説だった。

「ここの代表的な美人を紹介してくれませんか。平家の血筋を引いている――」

と、鈴木君が頼むと、Kさんは、ちょっと困ったような顔になって、目をパチパチさせた。

「ここでも、若い者はみんな都会へ行ってしまいますからねえ」

「ここでもそうですか？」

と、鈴木君が不思議そうな顔をしたので、私は笑ってしまった。

「ここの人たちだって、二十世紀に生きているんだよ」

と、私は鈴木君にいった。

平家の末裔の美人を撮るという鈴木君の願いは、どうやら果たされそうになかったが、私の方はKさんからいろいろと有益な話を聞くことが出来た。

ここには、昔は、平家の落人部落だけでなく、源氏の部落もあって、源氏の白旗もあったという話も、私には面白かった。今、平家の方ばかりが有名になってしまったのは、証拠である旗が、源氏の方は、なくなってしまったからだという。

「昔は、ウリざね顔の、ひと目で平家の末裔とわかる美人がたくさんいたんですが――」

と、Kさんは、別れしなに、申しわけなさそうに鈴木君にいった。

3

西祖谷山村に戻って、私たちは、日本の三奇橋の一つといわれる、かずら橋を見た。

高所恐怖症の鈴木君が、例によって足がすくんでしまうというので、私がユラユラ揺れる橋を渡り、それを鈴木君がパチパチ撮っていたが、そのうちに、彼の姿が消えてしまった。

（おや）

と、思っていると、橋の下の川原から、鈴木君の呼ぶ声が聞こえた。いつの間にか、川原へおりてしまっていたのである。

私が、川原におりて行くと、鈴木君がひどく興奮した顔で、

「見つけましたよっ」

と、大声でいった。

「見つけたって、何を？」

「何をって、平家の末裔の娘ですよ」

鈴木君の指さす方を見ると、若い娘が、中年の男と川原に立っていた。

男の方は、都会風の格好をしていたが、娘の方は、紺がすりの着物にもんぺをはき、頭には手拭《てぬぐい》を巻いていた。

目元のパッチリした美人だった。

「この方ですか？」

と、私がきくと、娘は微笑して、

「東祖谷です」

と、いった。

鈴木君は、もう夢中で、彼女の写真を撮りまくっている。

「失礼ですが、平家の血筋を引いていらっしゃるんですか？」

私がきくと、娘は「ええ」と肯《うなず》き、

「役場にある赤旗は、わたしの家にあったものなんです」

と、いった。横にいた中年男も、

「あれは、代々彼女の家に秘蔵されていたもんですが、役場の方で、観光用にぜひというもんでお貸ししたものなんです」

と、いった。

写真を撮り終わった鈴木君は、ニコニコ笑いながら、そんな話を聞いていた。どうやら、この青年には、川原で彼女に会えたことが、この旅行の最大の収穫のようだった。

私たちは、近くの温泉で一泊してから東京に帰った。帰りの飛行機の中でも、鈴木君は、川原で会った娘の話ばかりしていた。

雑誌が出たのは、月末で、私の「祖谷渓の平家部落」という紀行文が載った。東祖谷山村の村役場で見た赤旗や、かずら橋の写真も紹介されていたが、不思議なことに、川原で会った美人の写真は、一枚も載っていなかった。

あれほど張り切って撮っていたのに、おかしいなと思い、雑誌社へ行ったとき、鈴木君にきいてみると、とたんに彼は苦い顔になって、

「あれはインチキだったんです」

「インチキ？」

「よく調べてみたら、彼女は、Sレコードの新人歌手なんです。平家の子孫なんてうそっぱちで、東京生まれです」

「しかし、なぜ、あんな格好をして、あんなところにいたんだろう？」

「新曲の宣伝写真を撮りに行ったんですよ。一緒に中年男がいたでしょう？　あれが彼女のマネージャーだったんです」

「東京生まれのくせに、私たちには、なぜ、平家の末裔なんていったのかね？」

「今は、宣伝のためなら、どんなことでもやる時代ですからね。僕が雑誌社の人間だといったもんだから、利用価値があると思って、あんなうそをついたんだと思うんです。なんでも、新曲というのが、平家のことを歌ったものだそうですから、あやうく、宣伝に利用されるところでした」

鈴木君は、ぶぜんとした表情で、肩をすくめた。

雑誌社を出て、盛り場を歩いていると、電柱に、見覚えのある女の写真がはりつけてあるのが目に入った。

祖谷渓で会ったあの娘だった。あそこで見た紺がすりの着物に、もんぺ姿の写真だった。

きれいな目で、ニッコリ笑っている。

《平家の血筋を引く魅惑の新人・梶谷マキが唄う新曲「悲恋の公卿《きんだち》たち」本日好評発売》

私は、その宣伝ポスターを見ながら、祖谷渓の景色を思い出した。東祖谷山村の村役場で会ったKさんの苦笑する顔が見えるような気がした。

阿波おどりの季節

1

夏を、ただ単に、山や海のレジャーシーズンと考えるのは、戦争を知らない若い世代の証拠であろう。今年四十歳になる矢部にとっては、どうしても、八月十五日という終戦の記憶と結びつく。終戦の記憶というより、戦争の記憶といった方が正確であろう。

もちろん、終戦のとき、満で十四歳でしかなかった矢部に、兵隊の経験があるわけではない。

昭和二十年の夏、矢部は、K市の軍需工場で働いていた。中学二年生だったが、もう、学校の授業は、ほとんど行なわれず、生徒たちは、工場に動員されて、兵器生産の手伝いをさせられていた。

だが、矢部には、それが悲しかったという記憶はない。国家のために働いているのだという気負った気持ちもなかったが、学校で授業を受けるよりも、工場で働く方が結構たのしかった。

仕事そのものは、辛かった。十四、五歳の少年に、それも、機械の知識のない少年に、旋盤やフライス盤が動かせるはずがない。だから矢部たちに与えられた仕事は、資材の運搬とか、鉄くずを拾い集めるといった、単調で面白味のない仕事ばかりだったからである。

だが、楽しみが二つあった。一つは、給料はもらえない代わりに、一月に何回か、乾パンや乾燥バナナがもらえ、時には、米の特配にありつけたことだった。食糧事情が極端に悪化していたころだったから、これはうれしかった。

もう一つの楽しみは、近くの女学校の女生徒たちが、同じ工場に、同じように勤労動員で来ていたことだった。

当時は、今のように男女共学ではなかったし、女学生に声をかけただけでも、非難されるような時代だった。それが、工場の中では、女学生といっしょに働けたし、短い会話も交わすことができた。

当時、彼女たちが、どんな服装をしていたか、矢部は、はっきりと覚えてはいない。覚えているのは、工場で働く全員に、日の丸を染めぬいた手ぬぐいが支給されていて、仕事のときは、女学生も、その手ぬぐいではち巻きをしていたことである。その姿が、ひどくかれんに見えたことも覚えている。

彼女たちの名前は、ほとんど覚えていない。が、その中で、一人だけ、はっきり覚えているのは、砂子可奈子という少女だった。飛び抜けて美人だったから覚えているというのではなく、彼女の歌が上手《うま》かったからである。

昼休みには、工場の中庭で休息したが、そんなとき、彼女は、一人で歌っていることが多かった。当時、歌といえば軍歌しかないような時代だったが、そんな中で、彼女は、恋愛映画の主題歌を歌っていた。それが、矢部には、ひどく新鮮に聞こえたのである。甘美に聞こえたといってもよかった。もっと正直にいえば、そのころ、淡い恋愛感情を、彼女に感じていたといってもよかった。

その工場は、終戦直前に、爆撃で破壊されてしまい、彼女の消息も途絶えてしまった。

2

その後、折りにふれて、彼女のことを思い出していたとなれば、メロドラマの筋になるのだが、現実は、もっと散文的である。

矢部は、彼女のことを、ほとんど思い出すこともなく、戦後を過ごした。昭和二十年代は、思い出にふけるには、世相がけわしすぎて、生きていくのに精一杯だったし、三十年代に入ると、矢部も、そろそろ結婚を考えなければならない年齢になっていた。

昭和三十七年、三十一歳のとき、矢部は結婚した。職場結婚で、相手は、素直だが平凡な女だった。間もなく子供も生まれた。

矢部が、砂子可奈子のことを、思い出すようになったのは、最近になってである。

矢部の友人が、ある雑誌社に勤めていて、その雑誌で「戦争体験特集」をやるので、勤労動員の体験を書けとすすめられたためだった。原稿用紙で五、六枚の短いものだったが、改めて机に向かってみると、戦後の二十数年間を、ひょいと飛び越えて、急に、あの時代が、鮮明に浮び上がってくるのに驚いてしまった。

矢部は、思い出すままに、工場でのことを書いた。彼女のことも、砂子可奈子と本名のままで書いた。なぜ、そうしたのかは、矢部自身でも、はっきりとは、わからなかったが、あるいは、もう一度、彼女に会ってみたいという気持ちが働いていたのかも知れない。

その雑誌が出て、三か月ほどして、矢部は一通の手紙を受け取った。

差し出し人の住所は、徳島市になっていて、名前は、田中可奈子とあった。その名前を見ても、とっさに、砂子可奈子と気がつかなかったのは、雑誌が出てから九十日もたっていたからだろう。封を切り、中の手紙に目を通してから、矢部は、やっと、彼女からだと気がついた。

〈雑誌にお書きになった手記を拝見し、なつかしさのあまりペンを取りました。もう二十数年前のことですが、折りにふれて、思い出すことがございます。

私も、あなた様と同様、今では家庭を持ち、一児の母となってしまいましたが、一度お会いして、あのころのことを、いろいろと語り合いたい気持ちもいたしております。

八月には、当市で、有名な阿波おどりが行なわれます。もし、お出になるおつもりがございましたら、旅館のお世話や、市内のご案内をさせていただきたいと存じます〉

読み終わったとき、矢部の胸を、複雑な感情が流れた。

徳島に出かけて、彼女に会ってみたい気持ちと同時に、行くことをためらわせる気持ちも、矢部の心の中で生まれた。

思い出が甘美なのは、それが、再現されることがないからである。それに、思い出は、それが思い出である限り、時間という残酷な悪魔の試練を受けずにすむ。彼女と、徳島で再会すれば、いや応なしに、二十数年という時の流れを意識させられるだろう。おそらく、彼のイメージの中にある、歌の上手い少女の像は、くずれ去ってしまうだろう。そう考えると、矢部は、徳島へ行かない方がいいような気もしてくるのだ。

テレビに、再会番組とでも呼ぶべきものがあるが、矢部は、それを見ていて、ときどき、再会しなければいい人間が、再会する光景だと感じることがある。ゲストの夕レントが、初恋の女性について語る。目の大きい、素晴らしい少女だった、声もきれいだったと話す。そして、司会者が、二十数年ぶりかのその女性を連れて来る。素晴らしい少女の面影が少しでも残っていればいいが、時には、醜く太り、矢部が見ていて、なぜ、こんな女に初恋を感じたのかわからないと思う時がある。おそらく、彼は、夢がこわれてしまっただろうと、テレビを見ながら同情したりする。それが今度は、わが身にふりかかってくるのではないかという不安だった。

しかし、その半面、自分と同じ年齢になった彼女を見たい気持ちもしたし、たとえ、夢がこわれても、平気でそれを受けとめられる自信があるような気もした。

そして、結局、矢部は、徳島行きの飛行機に乗った。

3

徳島空港には、かあっと暑い八月の太陽が照りつけていた。

サングラスをかけて、タラップをおりながら、矢部は、出迎え人の群れの中に、彼女を捜した。日時は、知らせてあったから、迎えに来てくれているはずだった。

（いないな）

と、思ってから、矢部は、ひとりで苦笑した。いつの間にか、二十数年前の少女の姿を、人がきの中に捜していたからである。相手は、矢部と同じ四十歳になっているはずなのだ。

（どうも、おれは感傷的だな）

と、彼が自嘲したとき、小太りの中年の女が近づいてきて、

「矢部さんじゃございません？」

と、首をかしげるようにしてきいた。

それが、二十数年ぶりの彼女だった。

平凡な、どこにでもいる中年の女だった。矢部は、失望し、同時に、ほっともした。目の前にいる女から、二十数年前の砂子可奈子を想像することは、出来なかった。声も太い、たくましいものに変わってしまっていた。それは、失望だった。が、醜い感じもなかった。それに、キンキラキンに着飾っていないのも、矢部を、ほっとさせてくれた。自然な雰囲気の中で再会したかったからである。

「どうも」

と、矢部は、頭を下げた。他にいいようがない感じだった。自分でも、間が抜けた応答だという気がした。こんな場合、男の方がどんな言葉を口にしていいかわからな

くなってしまうのかも知れない。

彼女は、空港の外においてある車へ、矢部を案内した。

車といっても、青色のライトバンで、横腹に「田中工務店」と書いてあった。彼女は、矢部を助手席に乗せると、自分はハンドルを握って、車をスタートさせた。

「店の車なんですよ」

と、彼女は、笑った。

矢部は、感心したような目になって、車を運転している彼女の横顔をながめた。そこには、恋愛映画の主題歌を歌っていた少女の面影は、全く見当たらなかった。たくましい生活者の顔だった。

車が、徳島市内に入ると、阿波おどりの季節らしいにぎやかさが感じられた。市内の目抜き通りには、すでに飾りつけが終わっていて、ところどころのあき地では、一団の人たちが踊りの練習をしていた。

「お父ちゃんの知り合いの旅館を予約してあるんです。そこにご案内しますわ」

と、彼女は、いった。

（お父ちゃんか――）

と、矢部が苦笑したとき、彼女の方でも、自分でおかしくなったらしく、クスクス笑った。

「こんなガサツな、おばあさんになってしまっていて、がっかりなさったでしょう?」

「いや」

と、矢部は、笑って見せた。うそではなかった。

もちろん、しっとりとした、中年の美しさを見せた女性が現われたら、それはそれなりに、うれしかったろうと思う。だが、逆に、たくましいカミさんの姿で現われてくれたのは、かえって、からりとした気持ちにしてくれた。矢部の気持ちの中で、何かが、ふっ切れた感じだった。

車は、眉山《びざん》の近くにある旅館の前で止まった。

「明日が、阿波おどりの第一日なんです。夕方に迎えに参ります」

と、彼女は、矢部を旅館の女将《おかみ》に紹介してから、微笑していった。

矢部は、二階の部屋に案内されてから、改めてあいさつに来た女将に、田中夫婦のことを聞いてみた。

「変わったご夫婦ですよ」

と、女将は、人がよさそうな笑い方をした。

「どう変わっているんです？」

「普通、土建屋さんて、旦那さんが勇ましくて、おカミさんの方が優しいものなんですけど、あそこは反対なんですよ」

と、旅館の女将は、また楽しそうな笑い方をした。また、歌の上手い少女の面影の一つが消えてしまった感じだが、矢部は、もう驚きも狼狽《ろうばい》もしなかった。

（どうやら、彼女の現在は幸福らしい）

と、思っただけである。

翌日の夕方、女中が、迎えの方が見えましたといって来た。

矢部が、身じたくをして、下へおりて行くと、タクシーがとまっていた。が、彼女の姿が見えなかった。

代わりに、十四、五の少年が、旅館の玄関に立っていて、矢部の顔を見ると、

「おふくろの代わりに、迎えに来ました」

と、いった。そういわれて見直すと、少年の顔には、どこかに彼女に似たところが

あった。

「お母さんは？」

と、きくと、少年は微笑して、

「昨日、急に熱を出して、寝込んでしまったんです。きっと、興奮したからだと思います」

その口ぶりは、母親と同じように、からりとしていた。

タクシーが走り出してから、矢部は、少年に、年齢をきいてみた。

「十四です」

と、少年はいった。同じ年齢だなと思った。

あの時、おれは、こんなに子供だったんだなと、矢部は思った。

「もちろん、恋人はいるんだろうね？」

「ガールフレンドならいます」

「そのガールフレンドは、歌が好きかね？」

「さあ、どうだったかなあ」

少年は、一層、幼い表情を作り、窓の外に目をやった。

市内の通りには、踊りのしたくをした人々が、それぞれに、かたまりを作って歩いていた。

「ここで、おろしてくれないか」

と、矢部がいうと、少年は、驚いて、

「踊りが一番よく見える席を、用意してあるんです」

「ありがたいが、少し歩きたくなったんだよ」

と、矢部はいい、タクシーをおりた。

市内は、次第に夜の気配に包まれようとしていた。それにつれて、阿波おどりも佳境に入ろうとしていた。矢部のそばを、踊りの群れが、にぎやかに、はやしたてながら通りすぎていった。あの少年も、きっと、この踊りの中に入っていくことだろう。かわいいガールフレンドといっしょに。

矢部は、立ち止まって、たばこに火をつけた。このまま、彼女に会わずに、東京に戻ろうと思った。それは、失望したからではなく、ある満足を得たからだった。来年の夏は、戦争と同時に、阿波おどりのことを思い出すことだろう。

若い南の海

1

夏の与論島《よろん》は、都会から脱出してきた若者たちで一杯になる。

沖縄が返還されるまでは、与論島は、日本で最も西南端にある島である。そのことが、サンゴ礁と熱帯魚とコバルトブルーの海のこの島に、若者たちが引きつけられるのだろう。

島の西にある茶花港《ちゃばなこう》に船が着くたびに、どっと若者が吐き出される。十七、八から、せいぜい二十五、六までの若者たちばかりだ。たまに、中年の家族連れがいたりすると、妙に目立つのである。それほど、夏の与論島は、若者たちばかりになってしまう。

若者たちは、親しくなるのが早い。与論島で生れた速成のカップルに、ずいぶん仲が良さそうだねときくと、きっと、こんな答が返ってくるだろう。

「おれたちは、五分前に知り合ったんだ。もう五分間も一緒にいるわけさ。こんなに長く一緒にいれば、誰だって仲良くなるよ」

と。

その五人のグループも、与論島で生れた仲間だった。

男三人に女二人だが、職業も年齢もさまざまである。

一番若いのは十八歳の鈴木健一だった。だが、このグループの中では、他の四人から、名前を呼ばれずに、坊やと呼ばれた。童顔で十五、六にしか見えなかったからである。当人も、坊やと呼ばれることに、何の抵抗も感じていないようだった。今年の三月に高校を卒業し、東京の貯金局へ勤めたから、いわばお役人のわけだが、ニキビの吹き出た顔は、どう見ても役人には見えない。

与論島へ来るために、生れて初めて飛行機に乗ったのだが、飛び上ってから、窓をあけようとしてスチュアデスに叱られたが、未《いま》だに、何故叱られたのか、よくわからないのである。それに、機内で回覧してくれる雑誌の中に、何故、マンガ本がないのかもわからない。

二人目の男性は、中島佐々太郎といって、ある大手電機メーカーの技術者だが、佐々太郎という大時代な名前にふさわしく、話し方も動作も、妙にのっそりとしていて、エリート社員らしくなかった。

普通、与論島には、きれいな海を求めて若者がやってくるのだが、二十四歳の中島佐々太郎は、海水パンツを持ってこなかった。忘れたのではなくて、最初から、泳ぐ気がないのである。彼が、海水パンツの代りに持ってきたのは、蝶《ちょう》をとるための捕虫網だった。中島佐々太郎は、コバルトブルーの海を見にきたのではなく、ハイビスカスの赤い花に群がるシロオビアゲハをとりにきたのである。

坊やも中島佐々太郎も、東京の人間だが、三人目の冬木達彦は、札幌からきた二十二歳の青年だった。

自称プロカメラマンで、与論島には、カメラ二台を首からぶら下げてやってきたが、他の四人は、冬木達彦の名前を、残念ながら聞いたことがなかった。もっとも、冬木自身にいわせると、無名であることは、可能性を秘めていることと同義語だそうだから、知られていないことの方が、誇りでもあるのである。

「衝撃的な写真はだな」と、冬木は、他の四人に向って、昂然と胸を張っていった。「既成のプロカメラマンに撮れる筈がない。おれみたいに、自由な人間にのみ可能なんだ。資本からも、マスコミからも自由なね」

つまり、彼にいわせれば、無名ということは、自由と同義語でもあるわけである。

女二人は、どちらも東京のOLだったが、同じ職場の同僚というわけではない。与論島に来て、初めてお互が、東京で働いている二十歳の、同年輩のOLだと知ったのである。

佐橋順子は、スラリと背が高く、水着がよく似合ったが、美人というには、一寸ばかり顔が扁平《へんぺい》すぎた。日本人とすぐわかる丸い扁平な顔である。まあ、いってみれば、平均的な現代娘といえるだろう。

自己紹介のとき、誰かが、「じゃあ順番の順だね」というと、彼女は、必ずこう訂正した。「従順の順よ」と。自称女性経験の豊富な冬木達彦にいわせると、これは、結婚願望の表れで、つまり、古い女なのだそうである。

もう一人の青田久子の方は、なかなか美人だった。一五六センチと小柄だが、バストは九〇センチ近くある。ただ、残念ながら、一寸《ちょっと》足を引きずっていた。

女二人が、はじめて顔を見合せたとき、素早くお互を観察し、プラス、マイナスを計算して、まあ、まあ、お互を同等と確認し合ったのである。

この五人が、与論島で生れた何組、いや何十組かのグループの中で、特に際立ったグループとはいえなかった。他に、もっと特異なヒッピーのグループもあったし、茶花港の岸壁で、座禅を組んでいたグループもいたのである。

だが、ある日、彼等五人は、突然、特別なグループになってしまった。

2

その日は、彼等が与論島に来て三日目だった。

亜熱帯の強い太陽が、もう、五人を、まっ黒に陽焼けさせていた。

もっとも、中島佐々太郎は、他の四人が、サンゴ礁の海で泳いでいる間、捕虫網を持って、シロオビアゲハを追い廻していたから、焼けたのは、顔と手だけだったが。

一日、二日は、コバルトブルーの海と、抜けるように青い空は、魅力十分だったが、三日目ともなると、民宿で眼をさまし、窓の外に、雲一つない青空を見ると、いささか、ウンザリするようになってくる。それほど、与論島の空は、青いのである。

だから、五人とも、三日目には、早くも、退屈しかけていた。都会の喧騒の中で生活してきた五人には、単純な自然の美しさは、この上なく素晴しいと同時に、退屈でもあるのである。別のいい方をすれば、都会生活に馴《な》れてしまった彼等は、自然の中でのんびりと生きる技術を忘れてしまっていたのである。

冬木は、最初こそ、カメラで、青い空と、サンゴ礁の海を追い廻していたが、すぐ、やめてしまった。彼は、他の四人に向って、肩をすくめて、こういった。

「こう、自然が美しくちゃあ、どこにカメラを向けても、絵ハガキになっちゃって、芸術は生れて来ねえや」

中島佐々太郎も、二日間で、簡単にシロオビアゲハが二十匹もとれてしまうと、もう、することがなくなってしまった。一匹、二匹が、苦心惨憺《さんたん》の末にとれれば、緊張した毎日が送れるのだが、与論島では、彼の他に、蝶を追いかけている人間はいなくて、追い廻さなくても、ハイビスカスの花の傍で待っていれば、いくらでも、シロオビアゲハの方で寄ってきて、簡単にとれてしまう。

二日目の午後には、半ズボン姿で、他の四人と一緒に、海に入ったが、そのときも、捕虫網を持っていた。青い海に、黄色や紫色の身体をくねらせるようにして泳ぐ熱帯魚が、蝶のように見えたからである。だが、海の蝶も、意外に簡単にとれてしまうと、中島佐々太郎は、することがなくなってしまった。

女二人は、男たちよりも、海の美しさに、はしゃいでいた。花模様のビキニが、東京のプールで着るよりも、一層、自分を引き立たせることに満足もした。だが、三日目になると、佐橋順子も、青田久子も、いささか、ゲンナリしてしまった。

何よりも、彼女たちをうんざりさせたのは、太陽の強さだった。ビーチパラソルの下にいても、ジリジリと、皮膚が焼けてしまうのである。泳ぐときにも、頭にムギワラ帽をかぶっていなければならないし、砂浜にあがったら、タオルを身体に巻きつけていないと、忽《たちま》ち、火ぶくれが出来るほど、身体が陽に焼けてしまう。ビキニ姿で、砂浜をシャナリシャナリ歩くわけにはいかないのである。

佐橋順子は、空気の悪いボーリング場がなつかしくなり、青田久子は、次第に、嫌で嫌でたまらなかった職場の高層ビルがなつかしくなってきた。

坊やだけは、三日目になっても、他の四人ほど、ゲンナリはしていなかった。まだまだ、十八歳の坊やの眼には、サンゴ礁の海も、そこに泳ぐ熱帯魚も魅力があった。陽に焼けて、背中のあたりが、ヒリヒリと痛かったが、東京に帰って、同じ貯金局の仲間に自慢できることを考えれば、さして苦にならなかった。

それでも、第一日目のように、一刻を惜しんで海に飛び込み、疲れ果てるまで、熱帯魚を追い廻すようなマネは、しなくなっていた。十分も泳ぐと、砂浜にあがって、パラソルの下に、ゴロリと寝転んだ。夏の与論島には、常時四、五千人の若者が来ていたが、それでも、東京周辺の海のように、人の頭で海が見えないというようなことはなく、眼の前には、青い海が広がっている。泳ぐ気になれば、いつでも、好きなところで泳げるということが、坊やを安心させ、ガツガツ泳がなくなったのである。

そんなとき、冬木達彦が、突然、こういった。

「どうだい、沖縄へ行ってみないか?」

3

与論島と沖縄本島との間は、距離にして二十数キロ。晴れていれば、眼の前に、沖縄の島影が見える。夏は、毎日、抜けるような青空だから、いつでも、沖縄が見えるわけである。

だから、与論島へ来た若者たちは、必ず、沖縄を見ている筈なのだが、民宿や貸テントに落着いた彼等の間で、沖縄が話題になることは、めったになかった。与論の海の美しさに圧倒されて、沖縄のことなど、どうでもよくなってしまうのか、それとも、最初から、沖縄に何の関心もない若者ばかりが、与論島に集ったのか、どちらなのかわからないが、彼等は、眼の前に見える沖縄を完全に無視していた。

そのくらいだから、冬木達彦が、突然、「沖縄に行ってみないか?」と、いったとき、他の四人は、一様に、「え?」という、ポカンとした顔になって、パラソルの下で、お互を見合ってしまったのである。

「沖縄って?」

と、佐橋順子は、首をかしげて、冬木を見た。

「沖縄は、沖縄さ」

と、冬木はいった。

「そういえば、ここから沖縄までは、すぐだったんだな」

と、中島佐々太郎が、のんびりした声を出した。その声には、全く切実なひびきはなく、坊やは、「沖縄かあ」と、空を見上げた。その声には、全く切実なひびきはなく、「女かあ」とか、「金かあ」というのと同じひびきにしか聞えなかった。

いい出した冬木にしても、沖縄問題に、特別関心があったわけではなかった。その証拠に、「おれは、衝撃的な作品を撮りたい」と口ぐせのようにいいながら、ハイビスカスや、ビキニ姿の女たちには、カメラを向けて、盛んにシャッターを切っても、一度として、沖縄の島影に向って、シャッターを切らなかった。

だから、「沖縄に行ってみないか？」といったのも、格別、プランがあったからではなく、サングラス越しに海を眺めているうちに、沖縄が近くにあったことを、ふと思い出し、何気なく口に出しただけのことだった。

ところが、他の四人の反応のあまりの鈍さに、冬木は、逆に、自分のいい出したことに、変に責任を持たざるを得ないような気持になってしまった。

おかしなものである。これが、逆に、「そうだ。行ってみようか」などといわれたら、冬木自身は、熱を失って、「まあ、いいや」と、あいまいにしてしまったかも知れない。

「沖縄は、眼の前なんだぜ」

と、冬木は、砂の上に坐り直して、四人の顔を見廻した。砂といっても、サンゴの細かい破片だから、坐り直すと膝が痛いのだが、冬木は、それを感じなかった。自分自身に興奮してしまったみたいな形だった。

「そういやあ、サンゴ見物にグラスボートに乗ったとき、船頭が、向うに見えるのが、沖縄だっていってたなあ」

と、中島佐々太郎は、相変らず、のんびりした声でいった。彼は、東京で、沖縄協定反対闘争のカンパに応募したこともあるし、週刊誌で、沖縄問題の記事もよく読んでいた筈なのだが、沖縄の見える与論島まで来てしまうと、逆に、沖縄問題は、彼の頭から離れてしまうのである。そして、中島佐々太郎が、このとき考えたのは、沖縄に、どんな蝶がいるだろうかということだった。

「沖縄へ行って、どうするんだい？」

坊やが、ボンヤリした顔で、冬木にきいた。

冬木は、眉を寄せて、

「行くことに意義があるんだよ」

「よくわかんないなあ。沖縄の海だって、ここと同じじゃないかなあ。特別変った熱帯魚がいるとも思えないんだけどな」

坊やは、相変らず、熱のない声を出した。

女二人の反応は、もう少し、現実的だった。

「沖縄って、まだ外国なんでしょう？」

と、いったのは、佐橋順子の方だった。だが、そこから、沖縄が、何故、戦後今までアメリカに占領され続けて来たのかといった疑問や、沖縄が置かれている立場への理解は、残念ながら、生れて来ないのである。佐橋順子の頭に浮んだのは、「外国旅行」というロマンチックな言葉であった。

美人の青田久子の方も、同じくらいの考えしか浮ばなかったとみえて、眼を輝かして、

「そうすると、沖縄へ行くってことは、外国旅行するってことなのね」

と、いった。

そのあと、二人の女は、ありったけの知識をシボリ出して、沖縄について勝手に喋り出した。

「沖縄は、ドルなんですってよ」

と、いったのは、佐橋順子である。青田久子は、「そうらしいわ」と、肯いた。

「だから、日本のお金を持って行ったんじゃ、何にも買えないかも知れないわ」

「お金がドルだとすると、日本語は通じないかも知れないわ。あたし、英語は下手だから、どうしよう？」

「あたしだって、英語はダメよ。でも、沖縄の人って、日本語を話すんじゃないの？」

「さあ、わかんないわよ。とにかく、外国なんだから」

佐橋順子は、疑わしげにいった。

彼女たちの無智《むち》を笑うわけにはいかない。一般人の沖縄に対する知識は、この程度のものだろう。現に、早口の映画案内で有名になったテレビの女性タレントが、沖縄の女性が、きれいな日本語で話しているにもかかわらず、「沖縄の人は、日本語を話すんですか？」ときいたからである。その時、沖縄の女性が、苦笑しながら、「ええ」と肯くと、その女性タレントは、さも感心したように、「沖縄の人って、便利ですねえ。日本語も出来るんだから」といい、それが、堂々と放映されているからである。

「日本語が通じないんじゃ、行っても詰んないな」

と、坊やも、首をすくめた。

冬木達彦は、困った奴等だというように、大袈裟《おおげさ》に、手を広げて見せた。

「日本語は通じるよ。日本なんだから」

4

「じゃあ、行ってみようよ」

と、今度は、いとも簡単に、坊やがいった。

「漁師に船を借りてさ。五、六時間もあれば、沖縄へ着いちまうんじゃないかい？」

「馬鹿だなあ」

と、冬木は、また、手を広げて、肩をすくめた。

「何が馬鹿なんだい？　漁船だって、エンジンがついてるんだから、一時間に四キロや五キロは走るよ。それで計算すれば、五、六時間で、十分に、沖縄に着けるじゃないか？」

「沖縄は、外国なんだ」

「でも日本なんだろう？」

「ああ」

と、肯いてから、冬木は、自分の頭が、多少、混乱してきたのを感じた。外国だが日本なのか、日本だが外国なのか、わからなくなってしまったからである。

中島佐々太郎が、捕虫網をいじりながら、のっそりといった。

「外国へ行くには、ビザがいるよ」

「ビザって、身分証明書みたいなもんでしょう？」

と、青田久子がきいた。

「少し違うな。外国へ行ってもいいという許可証みたいなものさ」

「どこで、それを貰えるの？」

「外務省へ申請すれば、貰える」

「じゃあ、一度、東京へ戻らなければ、沖縄へ行けないの？」

「正式にいえば、そうだな」

中島佐々太郎が、ゆっくり肯くと、冬木は、小さく咳払いしてから、口を挟んだ。

「ビザを貰って、正式に行くんなら、誰だって行けるさ。おれがやろうっていってるのは、冒険なんだ」

「冒険かあ」

坊やが、空を見上げて、明るい声を出した。

「そうさ。冒険さ。とにかく、行ってみようじゃないか。面白いと思うんだがな」

冬木は、もう一度、四人の顔を見廻した。

「タダで外国旅行かあ」

と、佐橋順子も、坊やと同じように、空を見上げた。

中島佐々太郎は、蝶のことを考えた。そうだ。沖縄の先の与那国島《よなぐにじま》には、「与那国蚕《さん》」という大きな蛾《が》がいて、収集家の憧れの的になっているのだ。彼の理性は、簡単に沖縄へ行けないと思うのだが、彼の感情の方は、沖縄へ行けば、与那国島まで行けそうだと思わせた。

中島佐々太郎の、のんびりした性格が、理性よりも、感情の方を勇気づけた。彼は、相変らず、のっそりといった。

「冒険も悪くはないな」

「これで決った」

と、冬木は、大きな声でいった。

5

何となく、五人に活気が出てきた。

二人の女は、外国旅行が出来るということで、はしゃぎ出し、坊やは、もう沖縄へ行ったみたいな顔つきになった。

五人は、冬木が先頭に立ち、近くの漁師の家へ押しかけた。

「漁船を一隻借りたいんだけど」

と、冬木がいった。

六十歳くらいの、まっ黒に陽焼けした漁師は、不思議そうな顔をして、自分の前に立っている五人の若者を眺めた。

「船を借りて、どうするんだね？　釣りなら、いい場所を知ってるから、案内してやるがね」

「釣りじゃないんだ」

「じゃあ、何をするんだね？」

「沖縄まで、行ってみようと思ってるのさ」

と、坊やがいった。

漁師は、とたんに、潮焼けした顔を崩して笑い出した。

「そりゃあ、駄目だ」

「何故だい？　沖縄なんて、すぐそこに見えるじゃないか」

と、坊やは、沖縄の島影を指さした。

漁師は、また笑った。

「そりゃあ、すぐそこだけど、駄目なものは駄目でねえ」

「漁船じゃあ、無理だというの？」

「いや。ここのは、クリ舟だが、外海へ出られないことはないよ」

「じゃあ、何故、駄目なの？」

青田久子は、首をかしげて、沖縄の島影を見やった。

その間にあるのは、コバルトブルーの南の海だけである。穏やかな海だった。他には、何の障害もないように見える。

漁師は、古ぼけた柱時計をふり返った。

「三時にもう一度、来たらいい。そうしたら、何故、駄目なのか、教えてあげられると思うからね」

「三時に何があるの？」

と、漁師はいった。

「それは、来てみればわかるよ」

五人は、元の砂浜に戻り、三時まで、熱帯魚を追い廻してから、また、老漁師を訪ねた。

漁師は、船のそばで、網をつくろっていたが、

「あれを見なさい」

と、沖縄の方向を指さした。

さっきと同じように、眼の前に、沖縄の島影と、コバルトブルーの海が見えた。が、今度は、それだけではなかった。

丁度《ちょうど》、与論島と沖縄の中間に、一隻の船が浮んでいるのが見えた。銀色に鈍く光る

船体は、じっと、動かないように見える。

「あんたがたが、沖縄へ行こうとすれば、あれに捕っちまうね」

と、漁師がいった。

「軍艦みたいだな」

と、坊やが呟いた。

「アメリカの警備艇かね？」

と、冬木が、カメラを、その船に向けて、漁師にきいた。

漁師は、首を横にふった。

「いや。海上保安庁の巡視船だ」

「日本の警察が、日本の漁船を捕えるのかい？」

「まあ、そうだね」

「何故？」

「沖縄は、まだアメリカだからね。ゴタゴタを起されると困るんだろうね」

だから、漁船は貸せないと、漁師はいった。

何度、頼んでも、答は同じだった。五人は諦めて、その漁師と別れた。他の漁師に頼んでも、答は同じだった。彼等には、五人のいう「冒険」がよくわからないらしかった。漁師たちには、それが、詰らない無駄なこととしか思えないのかも知れなかった。

「これじゃ、もう駄目だね」

と、坊やは、しごく諦めのいい顔でいった。

「いや」

と、冬木は、坊やを見た。

「おれたちで、船を作ればいいんだ」

「漁船を盗み出すのかい？」

「そんなことをして、漁師たちに袋叩きにあったらどうするんだい？　そうでなくても、この島の人たちは、おれたち都会から来た人間を、あまり快く思ってないんだぜ」

「じゃあ、どうするの？」

「新しく、おれたちで船を作るんだ」

「船の作り方なんて、知らないよ」

「船といっても、筏さ。おれは、ドラム缶で筏を作ったことがある。ドラム缶は、茶花港の岸壁に山積みしてあるからね」

「しかし、あのドラム缶は、毎日、船が入港するたびに、積み代えているようだよ」

と、中島佐々太郎が、ゆっくりと、口をはさんだ。

「この島の燃料だからね。空缶だって、われわれに売ってくれるとは思わないがね」

「盗めばいいさ」

「盗むですって？」

佐橋順子が、とんきょうな声をあげた。冬木は、首をすくめて、

「盗むというのが悪ければ、一時、拝借するといい直してもいいさ。岸壁のドラム缶は、何百本てあるんだ。船が入るたびに、積みかえるのは、せいぜい何十本かだよ。十二、三本借りたって、わからないだろうし、沖縄へ行ったあとで、返しておけば、何ということもないさ」

「あの巡視船はどうするの？」

と、今度は、青田久子がきいた。

冬木は、小さく笑った。

「どうってことないさ。三時には、沖縄との間にいたが、他の時間にはいなかった。ということは、この島を、ゆっくり廻って、警備しているということだよ。だから、巡視船が、島の反対側に行ったときに、渡っちまえばいいんだ」

「でも、捕ったら、刑務所へ入れられるんじゃないの？」

青田久子が、不安そうにきいた。冬木は、言葉に窮して、黙ってしまった。沖縄へ行こうとして捕ると、どんな罪になるのか、冬木は、見当がつかなかった。不法出国ということになるのだろうか。それとも、不法入国ということになるのだろうか。

「刑務所へ入れられるんじゃ、あたしも嫌だわ」

と、佐橋順子が、いった。坊やまでも、嫌だといいかけたとき、中島佐々太郎が、

「その点は、大丈夫だと思うよ」

と、ゆっくりした声でいった。

「何故だい？」

と、坊やがきいた。

「われわれが作るのが筏だからだよ。沖縄へ行く気はなかったのに、いつの間にか潮に流されてしまったといえばいいんだ。エンジンつきの船だと、こんないいわけは通

用しないだろうが、筏は、潮まかせ、風まかせのところがあるからね」

「そうねえ」

と、女二人が、また、笑顔になった。

6

かくして、冒険がはじまった。というより、冒険の準備がはじまったといった方が、正確かも知れない。

五人は、泊っていた民宿を出ると、テントを二つ借り、海岸に沿って植えられた防風林の中に、設営した。

鹿児島から、観光客をのせた船が、毎日一便、茶花港に着く。到着は、夜の十時三十分で、翌朝、鹿児島へ向けて出港する。それまでの間に、燃料の詰ったドラム缶が岸壁に下され、空《から》のドラム缶が、船に積み込まれるのである。

夏の与論島は、七時半を過ぎなければ、暗くならない。だから、岸壁に山積みになっているドラム缶を盗み出すのは、七時半から、船の入港する十時三十分までの間しかない。

「これは、男三人でやろう」

と、冬木が、テントの前で、みんなにいった。

「女には、無理な仕事だからな」

「でも、あたしたちだって、何かしたいわ」

と、佐橋順子と、青田久子が、顔を見合せてから、男たちに、抗議する調子でいった。

「君たちには、荷物の番をしていて貰うよ」

と、冬木がいうと、女たちは、それだけでは、詰らないといった。

「帆を作って貰ったらどうかな」

と、中島佐々太郎が、冬木と女たちの間に立つ恰好で提案した。

「筏には、帆がいるからね」

「でも、どうやって、作るの？」

「町へ行って、テントにするような丈夫な布を買って来て、縫えばいいんだ。糸は、漁に使うナイロン製がいいね」

すぐ、五人は、金を出し合った。若者たちは、金持ちではない。とにかく、一人二千円ずつ、一万円が集まり、女二人は、昼間のうちに、茶花の町に、買いものに出かけた。

一時間ほどして、二人は、丸めた布を、重そうに担いで、防風林の中に戻ってきた。二人とも、ひどく上気した顔をしていた。冒険が、彼女たちの若い心を、心地よく刺《し》戟《げき》しているかららしかった。

夜に入ると、今度は、三人の男が、ドラム缶を、盗みに――ではなく、一時拝借に出発した。

「あわててやったら失敗するからね」

と、茶花港に向って、乾き切った道を歩きながら、中島佐々太郎が、他の二人にいった。

「一時に、ドラム缶を何本も運ぼうとしちゃ駄目だ。空だって、ずい分重いからね。だから、一回に一本、三人で運ぼう。それなら楽に運べるからね」

「オーケイ」

と、坊やが、威勢よく答えた。

茶花港には、八時過ぎに着いた。

与論島は、殆ど、サトウキビしか穫《と》れないところだから、米も、野菜も、調味料も、それに燃料の石油やプロパンガスも、全部、船で運んで来なければならない。

それだけに、岸壁には、空になったドラム缶の他に、空のガスボンベや、酒、ビール、コーラなどの空瓶も山積みされて、船が到着するのを待っている。

船が着く前の岸壁は、夜の闇の中で、ひっそりと静まり返っていた。涼を求めに来た五、六人の観光客が、岸壁の縁《ふち》に腰を下し、足をブラブラさせているだけだった。

三人は、ドラム缶の山の中にもぐり込むと、その一つに、用意してきたテントを素早くかぶせ、それから、三人で担ぎあげた。

中島佐々太郎がいったように、空でも、なかなか重い。

はじめの二百メートルくらいは、楽に運べたが、それから後が、急に重く感じられてきた。肩に喰い込むのである。向うから人がやってくると、あわてて、道から外れてやり過ごした。

幸運にも、人に見とがめられることもなく、最初の一本を、防風林の中へ運び込むことが出来たが、肩からおろすと、三人の若者は、いい合せたように、大きな溜息をついた。

しかし、一日に一本ずつ運んでいたのでは、五人乗りの筏を作るのに、十二、三本のドラム缶が要るとして、十二、三日もかかってしまう。

三十分ほど休むと、三人は、励まし合って立ち上り、もう一度、茶花港へ出かけた。

今度は、岸壁を出るまでは担ぐが、そのあとは、転がすことにした。ガラガラと音が出るが、疲労は、担ぐより、はるかに少い。二人が転がし、もう一人が、十メートル先に行って、見張ることにした。

人が来ると、三人は、ドラム缶を中に入れて、身体でかくすことにした。茶花のメインストリート（といっても、せいぜい二百メートルぐらいだが）を外れれば、街灯のない道ばかりである。三人でかくせば、ドラム缶が見つかることは、まずなかった。

その夜は、二本のドラム缶を運んだだけで、彼等は、作業を中止した。

第一日目で、要領がわからず、疲れたこともあるが、茶花港での反応も見たかったからである。

二本のドラム缶を、小枝や葉で蔽ってから、留守番役の女二人を残して、茶花港へ様子を見に出かけた。

船が、港に入っていた。

さっきまで、ひっそりと夜の闇に包まれていた岸壁が、今は、けたたましい騒音に包まれている。

旅館や民宿の業者が、手に手に、旅館の名前を書いた提灯《ちょうちん》を掲げて、船からおりてくる観光客を誘っている。船のデッキの明りが、そんな岸壁の光景を、明るく照らし出している。

この騒ぎが、ひとまず静まると、今度は、荷物の積み下しが始った。

冬木たち三人は、離れた所に立って、それを眺めていた。ドラム缶の積み下しも行われた。が、どうやら、二本のドラム缶が消えたことは、誰も気がつかないようだった。この分なら、十二、三本の空缶が消えても、怪しむ者はいそうにない。

翌日になると、五人の誰も、海で泳ごうとしなかった。コバルトブルーの海や熱帯魚よりも、新しく始った冒険が、すっかり、彼等の若い心を捕えてしまったのである。

女二人は、ビキニを着るのを忘れ、Gパンスタイルで、せっせと帆を作るのに専念した。坊やは、海にもぐって熱帯魚を追いかけるのを忘れ、冬木達彦は、カメラのシャッターを切るのを忘れ、中島佐々太郎は、捕虫網を振り回すのを忘れてしまった。

その代りに、三人の男は、巡視艇の動きを監視し、ドラム缶をつなぎ合せる太いロープを買って来た。

そして、五人は、木陰で、今まで、何の関心もなかった沖縄について、二時間ばかり話をした。例によって、無理解と、偏見に満ちた会話だったが、こんなにまで苦労して行かなければならない日本があるということだけは、認識できたようだった。

夜になると、男たちは、茶花港から、三本のドラム缶を運んできた。一本余計に運べただけ、昨日よりも、要領がよくなったのである。

次の日は、四本運んだ。これで、合計、九本である。あと三本か四本運べば、筏を作るだけのドラム缶は、揃うことになる。

女たちは、せっせと、帆を作り、ドラム缶を、木枝や葉でかくすのを手伝った。

最後の夜、男たちは、岸壁から、三本のドラム缶を失敬してきた。三本目のドラム缶を、防風林の中に運び込んだのは、十時を回っていた。

「さあ。これでいい」

と、冬木は、満足そうに、他の四人にいった。

「材料が揃ったから、筏の組み立てにかかろう」

坊やが、肩の辺《あた》りをさすりながらきいた。

「今、すぐ？」

冬木は、「ああ」と肯いた。

「明日になってからなんていってると、今夜のうちに、ドラム缶のことが、バレないとも限らないからね」

7

筏は、砂浜で組み立てることにした。すぐ、海へ押し出せるからである。

青白い月の光の中で、作業がはじまった。

慎重に、ドラム缶を一本ずつ砂浜に運び出し、用意しておいた太いロープで、連結していった。

役人の坊やや、カメラマンの冬木や、エリート社員の中島佐々太郎には、馴れない力仕事である。忽ち、三人の掌に血が滲《にじ》んできた。

どうしようもなく、手が痛くなってくると、作業は、自然に中断した。

そんなことが、何回も繰り返されているうちに、少しずつ、筏らしくなってきた。

十二本のドラム缶が、何とか連結し終ったのは、四時に近かった。もう、東の空が明るくなっている。それは、見る見るうちに、周囲の空や海を明るくしていった。

筏の上に、手製の帆を立てると、五人の若者は、疲れ切って、砂の上に、ヘタヘタと坐り込んでしまった。口をきくのも大儀だというように、しばらくの間は、黙りこくっていた。

「どうだ」

と、冬木が乾いた声でいい、四人の顔を見廻した。

「おれたちは筏を作りあげたんだ」

だが、それに、すぐに応じる声はなかった。間を置いて、坊やがいった。

「今日は、何日だったっけ?」

「七月二十六日だ」

冬木が答えると、坊やは、急に、ピョコンと立ち上った。

「大変だ。今日は、もう帰らなきゃいけないんだ」

「あたしもだわ」

と、佐橋順子が、すぐ、続けた。青田久子も、

「あたしも、今日の船で帰らなきゃあ」

と、いった。

「何をいってるんだ。これから、苦心して作った筏で、沖縄へ出発するんじゃないか」

冬木が、怒鳴った。

だが、女二人は、今日中に船に乗らないと、会社を馘《くび》になってしまうといい、坊やも、

「就職したばかりだから、今日帰るよ。船や飛行機の切符も、無駄に出来ないしね」

と、冬木に向って、首をすくめた。

冬木が、なおも、何か怒鳴ろうとすると、中島佐々太郎が、例のゆったりした調子で、

「僕も、やめることにしたよ」

と、いった。

「何故？」

　と、冬木が、眉をしかめてきくと、中島佐々太郎は、柔らかい微笑を浮べた。

「筏を作りあげたことで、僕たちは、冒険をやりとげたのと、同じだからさ」

「同じだって？」

「ああ。これからあとは、運だけだよ。沖縄に着いたところで、運がよかっただけだと思うね。だから、ここで終ったって、僕たちは冒険をやりとげたことになると思うよ」

「しかし、筏は、まだ出発していないじゃないか」

「じゃあ、出発させよう」

　中島佐々太郎は、立ち上ると、ドラム缶の筏を、海に向って、押しはじめた。坊やと二人の女が協力すると、筏は、海面に浮び、帆は風をはらんで、ゆっくりと動き出した。

「ほら。僕たちは船出したんだ」

　と、中島佐々太郎がいった。坊やと女二人が拍手した。

「おれは、そうは思わないね。おれたちは、冒険を、途中で放棄しちまったんだ」

　と、冬木は、かたくなにいった。

中島佐々太郎は、黙って、筏を眺めた。自分たちが冒険をなしとげたのか、放棄してしまったのか、彼自身にもよくわからなかった。わかるのは、この四日間が充実した日だったということだけである。坊やにしても、二人のＯＬにしても、怒っている冬木にしても、その点では同感に違いない。ということは、途中で挫折《ざせつ》したか否かは別にして、冒険に出発したことだけは、確かなのではあるまいか。

「来年の夏、また来るよ」

と、坊やが筏を眺めながら、誰にともなくいった。

「そして、出来たら、もう一度、筏を作りたいな」

解説

山前　譲

二〇一一年一月にスタートした徳間書店版〈十津川警部　日本縦断長篇ベスト選集〉は、十津川警部の長篇ミステリーだけで、全国四十七都道府県をめぐってみようという大胆なシリーズだが、西村作品の愛読者ならば別に驚くことではなかったかもしれない。そうした企画が成立するほど、十津川警部は日本中を駆け回ってきたのである。

ただ、十津川が登場する前から、西村作品の舞台はヴァラエティに富んでいた。トラベル・ミステリーというジャンルが確立したのは一九八〇年代だが、西村氏の視線は、それ以前から日本各地に向けられていたのだ。『殺意を乗せて…』はそうした作品を十一作まとめた短篇集で、そのうち五作は本書が初収録となっている。

鉄道ミステリーでもある「挽歌《ばんか》をのせて」（「週刊小説」一九八七・一・九　角川文

庫『L特急やくも殺人事件』収録）は、別れたいと言う妻と一緒に、函館《はこだて》本線の下り急行「ニセコ」に函館駅から乗った夫が主人公である。それは新婚旅行の思い出の列車だったが、よりを戻すどころか、車内で事件に巻き込まれてしまうのだった。

タイトルは、北海道を舞台に許されぬ愛を描き、大ベストセラーとなった原田康子『挽歌』（一九五六）を意識してのものだろう。『北帰行殺人事件』（一九八一）ほか、雄大な大地がどこか日本離れした北海道を舞台に、多数の十津川シリーズが書かれている。

「愛の詩集」（「大衆小説」一九六五・九　角川文庫『夜が待っている』収録）の十和田湖は、青森県と秋田県の県境にある美しい湖だが、西村氏は、気儘《きまま》な旅をよくしていた人事院時代から、何度も訪れているようだ。ロマンチックで切ない物語にぴったりの、北国の哀愁が漂う十和田湖を舞台にした十津川シリーズには、『十和田南へ殺意の旅』（一九八九）や『恋の十和田、死の猪苗代』（一九九二）がある。

「脅迫者」（「小説推理」一九七五・十二　廣済堂文庫・角川文庫『殺しのインターチェンジ』収録）では、群馬県の法師《ほうし》温泉の近くに死体を埋めた芸能プロダクションの社長が、謎の脅迫を受けて動揺している。群馬県はこれまで、西村作品ではあまり舞台となっていなかった。十津川シリーズの長篇にも、『十津川警部　殺しのトライアングル』（二〇〇〇）や『草津逃避行』（二〇〇六）があるくらいだったが、二〇一三年に「嬬恋とキャベツと死体」と「哀しみの吾妻線」が雑誌連載されている。これから注目の舞台と言えるだろうか。

伊豆諸島の架空の島を舞台にした「アカベ・伝説の島」（「小説サンデー毎日」一九七一・六　講談社文庫『変身願望』収録）は、伝奇小説的な味わいの異色作である。一九七三年刊の『鬼女面殺人事件』は本作の長篇バージョンだ。やはり島にまつわる伝承を背景にした長篇には、『伊豆七島殺人事件』（一九七二）や沖縄が舞台の『幻奇島』（一九七五）があるが、西村氏は一時、島めぐりを趣味にしていたという。

女優が誘拐された事件をめぐって、「誘拐の季節」（「大衆小説」一九六六・十一　角川文庫『雨の中に死ぬ』収録）は軽井沢から伊豆へと展開されていく。十代の頃には海水浴で訪れたという伊豆は、西村作品でもとりわけ舞台となっている地域だ。『南伊豆高原殺人事件』（一九八五）や『伊豆の海に消えた女』（一九八八）と、タイトルだけで一目瞭然の長篇も多い。

「危険な道づれ」（「週刊小説」一九八〇・十・十七　角川文庫『イレブン殺人事件』

収録）は休暇をとって京都へ向かった官庁勤めの男が、とんでもない事件に巻き込まれている。サスペンスフルな展開もさることながら、冒頭に語られる鉄道旅のエピソードが面白い。じつはこれは作者の実体験なのである。

世界的な観光地である京都を舞台にした西村作品もまた、『京都感情旅行殺人事件』（一九八四）、『京都　恋と裏切りの嵯峨野』（一九九九）、『十津川警部　古都千年の殺人』（二〇一三）など多数書かれてきた。

最後の五作が初収録の短篇である（初出データは戸田和光氏の調べに拠った）。

そのうち「立春大吉」（「徳島新聞」一九六九・一・一）、「われら若かりしとき」（「徳島新聞」一九七〇・二・十五）、「祖谷渓の娘」（「徳島新聞」一九七一・一・十七）、「阿波おどりの季節」（「徳島新聞」一九七一・八・十四）の四作は徳島を舞台にしているが、それはやはり「徳島新聞」という発表媒体を意識してのものだろう。

一九六〇年代後半から西村氏は、大衆文学の作家の集まりである「新鷹会」に参加しているが、「徳島新聞」はその「新鷹会」と縁が深かったらしく、よく会員の作品発表の場となっていた。西村氏も、初の新聞小説として、『悪への招待』（一九七一）を一九六九年に連載している。また、一九七五年から翌年にかけては、唯一の時代長篇である『無明剣、走る』（一九八二）を連載した。

小品ではあるけれど、この四作もロマンチックな余韻が印象的だ。徳島県を舞台にした十津川シリーズの長篇には、『祖谷・淡路　殺意の旅』（一九九四）や『十津川警部　四国お遍路殺人ゲーム』（二〇〇八）がある。

鹿児島県の南端である与論島を訪れた若者たちの冒険の「若い南の海」（「Ｐｏｃｋｅｔパンチｏｈ！」一九七二・三）は、沖縄が日本に返還される直前に発表された作品だ。西村氏が与論島を取材で訪れたのは一九七一年の夏で、〝予想以上に海が美しく、四日間の滞在のうち、三日間、ぼやっと遊んでしまった〟そうである（与論島取材記「推理文学」一九七二・九）。その取材をもとにして書かれたのが本作であり、若杉徹シリーズの第一作『ハイビスカス殺人事件』（一九七二）だった。

北から南まで、日本を縦断している本書収録の短篇を通読すれば、十津川警部が事件解決のために各地を訪れるのは必然だったのかと、納得できるに違いない。

二〇一三年八月

この作品は徳間文庫オリジナル版です。
なお本作品はフィクションであり実在の個人・団体などとは一切関係がありません。

徳間文庫

殺《さつ》意《い》を乗《の》せて…

西村京太郎旅情ミステリー傑作選

2013年9月15日 初刷

著者 西《にし》村《むら》京《きょう》太《た》郎《ろう》

発行者 岩渕徹

東京都港区芝大門二―二―二 〒105―8055

発行所 株式会社 徳間書店

電話 編集〇三(五四〇三)四三四九
販売〇四八(四五一)五九六〇

振替 〇〇一四〇―〇―四四三九二

印刷 図書印刷株式会社

製本 ナショナル製本協同組合

ISBN978-4-19-893743-0 (乱丁、落丁本はお取りかえいたします)